诺贝尔文学奖作品精选 插图版

Nobel laureates in Literature

卖花女

〔爱尔兰〕萧伯纳／著

李兴海／编译

海豚出版社
DOLPHIN BOOKS
CICG 中国国际传播集团

图书在版编目（CIP）数据

卖花女 /（爱尔兰）萧伯纳著 ; 李兴海编译.
北京 : 海豚出版社, 2025. 6. --（诺贝尔文学奖作品精
选）. -- ISBN 978-7-5110-7338-9

Ⅰ. I562.35

中国国家版本馆 CIP 数据核字第 2025MQ3329 号

卖花女

（爱尔兰）萧伯纳 **著** 李兴海 **编译**

出 版 人 王 磊
责任编辑 熊 隽
文字编辑 台文娟
特约编辑 许慧莲
封面设计 宋双成 蒋 飞
责任印制 蔡 丽
法律顾问 北京市君泽君律师事务所 马慧娟 刘爱珍
出　　版 海豚出版社
地　　址 北京市西城区百万庄大街24号
邮　　编 100037
电　　话 010-68325006（销售） 010-68996147（总编室）
印　　刷 天津泰宇印务有限公司
经　　销 全国新华书店及各大网络书店
开　　本 710 mm×1000 mm 1/16
印　　张 11
字　　数 125千
版　　次 2025年6月第1版 2025年6月第1次印刷
标准书号 ISBN 978-7-5110-7338-9
定　　价 39.80元

开篇语

萧伯纳，全名乔治·伯纳德·萧。1856年出生于爱尔兰都柏林，青年时期跟随母亲前往英国伦敦，之后一直生活在英国。作为杰出的现实主义戏剧作家与语言大师，他不仅在文学领域深耕，还积极参与社会活动，对社会主义运动抱有浓厚兴趣。萧伯纳在漫长的文学生涯中，创作了一系列影响深远的杰作，这些作品奠定了他在文学史上的地位。1925年，萧伯纳获诺贝尔文学奖，这不仅是对萧伯纳作品中理想主义与人道主义精神的认可，还让那些激励人心又富含诗意的讽刺之作，成为文学史上永恒的经典。

《卖花女》是一部充满讽刺意味的佳作，同时，这部戏剧还具有极高的社会、文学和语言等价值，因此备受赞誉并广为流传。故事的主角“卖花女”伊莉莎是英国的一位底层女性，她行为粗鲁、口音滑稽，一出场就带着浓厚的市井气息。故事第一幕，圣保罗大教堂的大门口站满了听完音乐剧但被雨水困住了脚步的英国上流人士，伊莉莎就这么闯入了他们的世界里。她在人群中向这些听得起音乐剧的富人兜售鲜花，她的行为和口音与这群上流人士格格不入。此时，人群中出现

了一位行为举止十分怪异的人，他不断在自己的笔记本上记录着大家说的话，而这些被记录下语言的人当然也包括了伊莉莎。于是，一位外表光鲜的绅士与一个拘谨不安的卖花女有了交集。

《卖花女》这部作品展现了社会底层女性对于平等与独立的深切渴望，女主角的反抗精神跃然纸上。其自我意识的觉醒以及在追求平等的过程中所面临的疲惫与内心冲突，均被作者细腻地描绘出来。她宛如一位无畏的女战士，在对归属感的渴望与对理想生活的憧憬中奋力探索，最终触碰到了自己心灵的最深处。此外，作品还巧妙地揭开了英国社会的一隅，揭示了语音差异在不同社会阶层间所产生的巨大影响力，展现了那些极力维护传统等级秩序的人物群像，生动地映射出当时社会观念的牢固根基。

书中还收录了萧伯纳的另一部杰作《圣女贞德》。本剧描绘了法国年轻女英雄贞德在英法百年战争中领导农民反抗英军，直至被捕牺牲的命运悲歌。这部剧作共由六个场景组成，在结尾处附有一段尾声。前三个部分叙述了贞德如何赢得君主的信任，进而领导抗英斗争的过程。进入第四部分，剧情转向描绘英法两国统治阶级之间秘密勾结与对贞德的阴谋构陷。第五部分聚焦于贞德在协助查理七世登基后，意图乘胜追击，彻底将英国势力驱逐出境的决心，而此时的国王及其朝臣却满足于暂时的安宁，对贞德的进攻策略持反对态度。第六部分展示了贞德不幸被捕、遭受审判直至英勇就义的情节。尾声部分，则是对贞德冤案被昭雪、其被尊为圣人的记录以及所有加害者最终面对正义裁决的描述。

通过此作，萧伯纳将想象与史料融合在一起，不仅彰显了其对艺术真谛的执着坚守，还成功地在创作中表达了个人见解。即便英雄主义叙事在当时并非主流，萧伯纳却凭借非凡的创造力，不仅使《圣女贞德》中的英雄形象历久弥新，还使作品拥有了超越时代的艺术魅力，赢得了世界范围的广泛赞誉。这部作品是对个人英雄主义的赞歌，更是对萧伯纳理想主义情怀的有力佐证。他以戏剧为媒介，在尖锐批判现实的同时，执着地弘扬人道主义理念并捍卫人格的独立，使笔下的角色焕发出人性的光辉，如无畏的勇气、绝对的忠诚及对正义的不懈追求等。在当下的社会环境中，这些特质尤为珍贵。

在人类追求平等与理想的征途中，萧伯纳的戏剧作品好比一支闪烁的蜡烛。读后带给人微光成炬的期待，向光而行的勇气。

目录
Contents

圣女贞德

卖花女

第一幕

夜晚的伦敦下着夏季独有的倾盆大雨。周围都是吹着口哨叫出租车的声音。行人纷纷跑到圣保罗教堂的门廊下避雨（并非雷恩设计建造的大教堂，而是英尼格·琼斯设计建造的、位于修道院广场的菜市场旁边的教堂）。人群中，有一位身穿晚礼服的夫人带着自己的女儿。大家都望着下个不停的暴雨，愁眉苦脸；只有一个人背对着所有人，全神贯注地在笔记本上奋笔疾书，写个不停。

教堂里的钟声敲响了，此时正好是晚上十一点十五分。

女儿（站在两道廊柱中间，更靠近左边）：可真是冷到骨头缝儿里了。弗莱迪去了好半天，到底是在干什么？他已经去了二十分钟了。

母亲（站在女儿右侧）：没有那么长时间。不过他这时候也该给我们叫到一辆车了。

一个站在旁边的人（站在这位夫人右侧）：说什么也得等到十一点半才有办法叫到车，太太。他们得把剧院散场的客人都送走了以后再返回来才行呢。

母亲：可我们总得有辆车呀。我们不能在这个地方待到十一点半。这可真是糟糕透顶。

旁边的人：这也是没办法的事，太太。

女儿：弗莱迪要是有本事，早在剧院门口就能叫到一辆车了。

母亲：他又能有什么法子，这可怜的男孩。

女儿：别人能有法子叫到车，他怎么就不能？

弗莱迪匆匆忙忙地从索桑浦特路冒着雨跑了过来，他来到两人中间，收起了湿漉漉的雨伞。他是一个二十多岁的年轻小伙子，也穿着晚礼服，此时此刻裤脚已经湿透了。

女儿：如何，你叫到车子了吗？

弗莱迪：没有车子，根本就叫不到。

母亲：弗莱迪，车子一定是有的。你只不过是找得不够用心。

女儿：你可真叫人火大。你是想让我们自己去叫车吗？

弗莱迪：车子都客满了，我告诉过你了。这雨下得太突然了，谁都没有准备，可人人都得坐车回去。我从这儿跑到了查令十字街，从那儿跑到了罗德盖圆形广场。可是，没有一辆车是空的，所有车都坐满了。

母亲：你有没有试过到特莱法戈广场去找？

弗莱迪：特莱法戈广场可是一辆车子也没有了。

女儿：你到底有没有试过？

弗莱迪：我一直跑到了查令十字街。你是要我一路走到汉谟斯弥斯去吗？

女儿：我说中了，你根本就没有试过。

母亲：你可真是毫无用处，弗莱迪。快去找，找不到车子，你就不要回来了。

弗莱迪：那也是让我去白白淋雨。

女儿：那我们又该如何呢？难道我们就活该等在这里，穿着单薄的衣服，在这个冷得叫人难受的地方站上一整夜吗？你这个自私的猪头，你……

弗莱迪：行了！我去就是了。（他撑起雨伞，向着河滨街的方向急急忙忙地跑去，正巧撞到了一个匆忙跑来避雨的卖花女，弗莱迪撞落了她手中的花篮。就在此刻，一道使人目眩的闪电划过天空，震耳欲聋的雷声随即响起，似乎是在为当下这个场景伴奏。）

卖花女：留点儿神，弗莱迪，不知道看着点儿路吗？

弗莱迪：真对不起。（他匆匆跑下场。）

卖花女（捡起散落在地上的花枝，放进花篮）：瞧，一个多么讲礼貌的家伙！把我这两把紫地丁都踩到泥巴里去了。（她坐在那位夫人右边的柱子旁，整理她的花朵。她完全不是那种楚楚动人、惹人怜爱的女子。她看上去只有十七八岁，最多不超过二十岁。她戴着一顶大概从来没有洗刷过的低檐草帽，任由它暴露在伦敦的尘土和煤灰之中。她的头发也糟透了，急需清洗——那灰褐色的头发可不像是天生的颜色。她穿着一件质量很差、长及膝盖的黑色粗呢子大衣，腰身倒是很适合。她在大衣里面穿着一条罩着粗布围裙的褐色裙子。她的靴

子也已经被穿得破破旧旧的。毫无疑问，这个女孩已经以最大努力尽可能地维持自己的干净体面了，可她与那些名门淑女比起来，还是肮脏不堪。她的容貌并不逊色于那些女子，但是，这张面庞还需要进行一番雕琢修饰，而且她也需要到牙医那儿去打理牙齿。）

母亲：请问，你是怎么知道我儿子的名字叫弗莱迪的？

卖花女：原来他是您的儿子呀？您这做母亲的要是愿意花时间管教一下自己的儿子，他也不会把穷人家女孩的花儿糟蹋完，连钱都不给就跑掉了。您来替他付这笔钱吧？

女儿：母亲，一个子儿也别给她。你听听她说的什么话！

母亲：克拉拉，算了，就这么一点儿小钱。你有没有带零钱？

女儿：没有。我最小的票子是六便士的。

卖花女（满怀希望地）：我找得开六便士，好心的太太。

母亲（向着克拉拉）：把钱给我。（克拉拉不情愿地将钱递给母亲，母亲转向卖花女）拿去，这是赔偿你花儿的钱。

卖花女：多谢了，这位夫人。

女儿：让她找零。这些东西一把也就卖一个便士。

母亲：注意你的措辞，克拉拉。（转向女孩）你不用找零了。

卖花女：十分感谢，夫人。

母亲：现在，告诉我，你是怎么知道我儿子的名字的？

卖花女：我并不知道。

母亲：我听到你叫他了，你可别想糊弄我。

卖花女（抗议起来）：谁想糊弄您来着？我叫他弗莱迪或者叫他查

理，不都一样吗？不过是套近乎罢了，表示大家都是熟人嘛！

女儿：六便士就这么打了水漂儿！说真的，母亲，您大可以把那些钱省下来给弗莱迪啊。（她不屑地走到了柱子后面。）

一个上了年纪的绅士也急急忙忙地过来避雨，他看起来温柔和蔼，像个军官。他收起了手中滴着水的雨伞，站在女儿先前站着的地方。他穿着晚礼服和薄大衣，看起来就像弗莱迪一样狼狈不堪。

绅士：唉！

母亲（向着绅士）：先生，您看这雨有没有要停下来的迹象呢？

绅士：恐怕是不会停的。两分钟以前这雨甚至越下越大了。（他走到柱子边靠近卖花女的地方，把脚放在柱子上，弯下腰去把卷起的裤脚放下来。）

母亲：唉，我的天哪！（她愁眉苦脸地退到女儿身边。）

卖花女（利用那位看起来像个和蔼军官的绅士靠近自己的时机，向他示好）：要是雨下得更大了，就表示它快要停了。高兴点儿吧，军官老爷，从我这穷姑娘手里买一朵花吧。

绅士：很抱歉，我身上没带零钱。

卖花女：我可以给您找钱，军官老爷。

绅士：一金镑可以吗？我没有更小的零钱了。

卖花女：得了吧！还是请您买一束花吧，军官老爷。我能够找开半克朗。这个卖您两个便士。

绅士：别跟我在这儿纠缠不清。（他将手伸进口袋翻找起来。）我真的一点儿零钱也没有——等等，这儿有一个半便士，够了吧？（他退到了另一根柱子边上。）

卖花女（有些失望，但觉得有一个半便士总比什么都没有要强）：谢谢，先生。

旁边的人（向着卖花女）：你可得当心，给他一朵花。站在后面的那个家伙可把你说的每一句话都记下来了。（大家都回头去看那个奋笔疾书做着笔记的人。）

卖花女（吓得跳了起来）：我只是跟那位绅士说了几句话，可算不上做什么坏事。我有权利在这里卖花，我又没站在人行道上。（惊恐地大叫）我是个正派姑娘。天晓得，除了请他买一朵花之外，我什么话都没有对他说。

人群骚动起来，大家议论纷纷，多半是在表示对卖花女的同情，但也有人在责怪她过分敏感。有人说着“别嚷嚷了”“谁把你怎么样啦”“没有人要碰你”“大惊小怪有什么用啊”“停下来吧”“放轻松点儿”之类的话，这些话来自那些上了年纪、较为稳重的旁观者。还有一些急性子的人则直接让她住口，或者粗鲁地问她是不是有什么毛病。那些站得比较远的人弄不清发生了什么事，纷纷挤过来，你一言我一语地说着，弄得这里人声鼎沸：“出了什么事？”“她干了些什么？”“他在哪儿呢？”“侦探把她的话记下来了。”“什么！那个人吗？”“是啊！就是那边的那个人，她拿了那位绅士的钱。”诸如此类。

卖花女（从人群中挤到绅士边上，大声嚷嚷）：先生，别让他控告我。那样的话我可就毁了。您不知道这对我来说意味着什么。就因为跟您这位绅士说了话，他们会毁掉我的清白，他们——

做笔记的人（走到她的右边来，那些人纷纷跟在他身后）：行了！行了！行了！行了！你这个傻姑娘，谁把你怎么着了？你当我是什么人呢？

旁边的人：没有问题的，他是个上等人，瞧瞧他脚上的皮鞋。（对做笔记的人解释）先生，她以为你是警察局的外出勤务人员呢。

做笔记的人（立刻对这个词产生了兴趣）：什么叫警察局的外出勤务人员？

旁边的人（难以对这个词下定义）：就是——呃，就是外出勤务人员呀。你们难道还有什么别的称谓？差不多算是包打听。

卖花女（还在嚷嚷）：我可以发誓，我从来也没有说过一个字——

做笔记的人（傲慢但和蔼地）：噢，别叫啦，别叫啦。我看起来像个警察吗？

卖花女（极不放心地）：那您把我说的话都记下来干吗呢？我怎么知道您记录的是不是正确的？您得把你写我的东西拿来给我看看。（做笔记的人打开了笔记本，稳稳当当地将本子递到了她的眼皮子底下，其他人想要越过他的肩膀去瞧本子上的文字，挤来挤去，几乎站不住脚。）这都是些什么啊？这都不是字，我看不明白。

做笔记的人：我明白。（一边读着记录，一边分毫不差地模仿着她的口音）"高兴点儿吧，军官老爷，从我这穷姑娘手里买一朵花吧。"

卖花女（非常害怕地）：就因为我叫了他一声"军官老爷"。我可没有恶意啊。（向着绅士）先生，别让他为了这么一个字眼儿去控告我。您——

绅士：控告你？我可没有这个打算。（向着做笔记的人）说真的，先生，如果您是一位警探，用不着挺身而出，保护我免遭这位年轻女子的骚扰，我也没有这种需要。谁都看得出来她并没有什么恶意。

普通旁观的人（抗议警察局的间谍行径）：当然人人都看得出。这又关你什么事呢？你管好自己就完了。这人想着升官呢，他肯定想了。连别人的话都给记下来！这姑娘什么不该说的话也没有说。就算她说了，又对人有什么伤害呢？一个小姑娘到这里来避雨都要被人欺负，真是好哇，真是妙哇！（那些同情卖花女的旁观者把她带回柱子边，让她坐在那里，她的情绪依旧很激动。）

旁边的人：他不是警探。他就是喜欢管闲事而已，我不会说错的。我告诉你，看看他的皮靴就明白了。

做笔记的人（和蔼地转向那个人）：你在塞尔希的家人都还好吧？

旁边的人（又惊又疑）：谁告诉你我家在塞尔希的？

做笔记的人：这你别管。反正这话错不了就是了。（向着卖花女）你怎么从丽松葛洛夫跑这么远来到了东城区呢？你是在丽松葛洛夫土生土长的人吧？

卖花女（害怕地）：我离开了丽松葛洛夫又能对谁怎么样呢？那地方连猪都住不下去，我还得每周付四先令六便士的房钱，（落下泪来）呜呜呜……

做笔记的人：你爱住在什么地方都可以，只要别吵就行了。

绅士（向着卖花女）：行啦，行啦！他无法碰你一个指头，你有权利住在任何地方，随你高兴。

一个尖酸刻薄的旁观者（挤到做笔记的人和那位绅士中间）：哪怕是住到富人聚居的公园街去。我倒很愿意和你们探讨研究一下政府住房问题呢。

卖花女（止住哭泣，忧伤地低下头瞧着她的花篮，没精打采地自言自语）：我可是个正派姑娘。

尖酸刻薄的旁观者（不理会那女孩）：你知道我来自什么地方吗？

做笔记的人（马上作答）：霍克斯顿。

众人惊讶地发出嗤嗤的笑声，兴趣转移到了做笔记的人身上。

尖酸刻薄的旁观者（大惊失色）：好家伙，你什么都知道，是吧？

卖花女（还是觉得很受伤）：反正我要干什么，他管不着。

旁边的人（向着她）：他当然管不着。你别怕他玩的那一套。（向着做笔记的人）你这个人真奇怪，人家又没有招惹你，你为什么要知道人家的底细呢？

卖花女：让他想说什么说什么去，我可不想和他打交道了。

旁边的人：你不拿我们当人看，是不是？我倒要看看你敢不敢对绅士这么无礼！

尖酸刻薄的旁观者：就是！你说说这位绅士是从哪儿来的，你不是喜欢给人算命吗？

做笔记的人：乔纳特人，在哈罗公学上的中学，毕业于剑桥大学，学业完成后在印度工作过。

绅士：一点儿错也没有。

大家都笑了起来，人们开始佩服起那个做笔记的人来了。人们惊讶地发出赞叹的叫声，如“他什么事儿都知道”“他全说对了”“你听到他说那位绅士来自哪儿的事情了吗”之类的。

绅士：请允许我问一句，先生，你是不是在游艺场里干这行谋生的？

做笔记的人：我也考虑过要不要干这行，也许某一天我会去的。

雨渐渐停了，人们三三两两地离开了。

卖花女（愤愤不平地）：他可不是一位绅士，对一个穷苦人家的女孩做这种事。

女儿（被弄得不耐烦了，粗鲁地挤到前面来，站在那位绅士站着的位置，绅士客气地退到了柱子的另一边）：弗莱迪究竟做什么去了？要是再站在这里吹冷风，我就要得肺炎了。

做笔记的人（匆匆记下她说“肺炎”这个词语时的发音，自言自语）：欧尔斯考特人。

女儿（粗鲁地）：请您不要对别人品头论足，好吗？

做笔记的人：是我说得太大声了吗？我不是故意的，请您原谅。您母亲是爱普森人，这毫无疑问。

母亲（走到两人中间）：真是太稀奇了！我的确是在爱普森附近的胖女人公园长大的。

做笔记的人（哈哈大笑起来）：哈哈！这地名多怪呀！抱歉。（向着女儿）您要叫一辆车，是吗？

女儿：不要和我说话！

母亲：行了，拜托，克拉拉。（她女儿生气地耸了耸肩，高傲地走向后方。）要是您能为我们叫一辆车，我们会非常感谢您的。（做笔记的人拿出一个哨子）噢，谢谢您。（她和她女儿一起退到后方。）

做笔记的人使劲儿吹响了哨子。

尖酸刻薄的旁观者：瞧啊！我早知道他是个便衣警察。

旁边的人：那不是警察的哨子，那是个裁判哨。

做笔记的人：我不知道你们有没有注意到，两分钟前雨就停了。

旁边的人：果然是，你为什么不早点儿说？害得我们在这里浪费时间听你胡说八道！（他走向了河滨街。）

尖酸刻薄的旁观者：我也说得出你来自什么地方。你是从安维尔疯人院来的，从哪儿来回哪儿去吧。

做笔记的人（认真地纠正对方的发音）：是汉维尔。

尖酸刻薄的旁观者（做作而清晰地模仿着上流社会人士的发音）：谢谢您，教授先生，呵呵！晚安。（他故意将手放在帽檐边假装致敬，接着走开了。）

卖花女：瞧瞧他是怎么对待别人的！

母亲：雨停了，克拉拉。我们可以走路去乘公共汽车，走吧。（她提起裙摆，急急忙忙地走向河滨街。）

女儿：可是车子——（她母亲已经走远。）真是倒霉！（她生气地跟随母亲离开。）

所有人都走了，只剩下做笔记的人、绅士和卖花女还在这儿。卖花女坐在地上整理花篮，低着脑袋嘟囔，自怜自伤。

卖花女：苦命的姑娘啊！生活已经够苦的了，还得成日担惊受怕。

绅士（回到做笔记的人左侧、他自己原本站着的地方）：我可不可以请教一下，你是怎么做到的？

做笔记的人：只是懂语音学知识罢了。就是语言的科学，这是我的专业，也是我的兴趣所在。能够靠自己喜爱的事情养家糊口，是件幸福的事情！你们一听到爱尔兰人或约克郡人说话时的发音，就能知道他们是从哪儿来的。我能够从任何人的口音中听出他是从哪儿来的，误差不超过六英里，要是在伦敦市内，误差不超过两英里，有时候甚至不会超过两条街。

卖花女：也不知道害臊，没一点儿男子气概，光知道欺负姑娘！

绅士：但你如何以此养家糊口呢？

做笔记的人：当然可以了，而且赚得不少。这是个暴发户的时代。有的人一开始住在堪提斯区，一年只能赚八十磅；后来住进了公园路，一年能赚十万镑。可是这些人总是想方设法地尝试抛弃自己从老地方带来的口音，但是他们每次一开口就露馅。我可以把他们教导得——

卖花女：他自己干自己的事情不好吗，让可怜的女孩自个儿……

做笔记的人（大发雷霆）：你这女人，马上停止这讨人厌的哭哭啼啼，或者到其他地方去胡闹。

卖花女（底气不足地抗议）：只要我乐意，我就有权利待在这里，就跟你一样。

做笔记的人：一个口音如此难听的女人没有权利待在任何地方——甚至没有权利活着。你应该牢牢记住，自己是个有意识的人，上天赋予了你说话的能力；你应该牢牢记住，你的母语是莎士比亚、米尔顿和英译版《圣经》的语言，别再像只生气的鸽子一样坐在这儿叽叽咕咕了。

卖花女（被他这一番话弄得不知所措，不敢抬头，只能偷偷地瞟着他，充满惊讶又不知如何反抗）：噢！啊！啊！

做笔记的人（急忙拿出笔记本）：老天！这声音多妙！（他记录下来，拿着本子重新读出她所发的元音，发音和她不差分毫）噢！啊！啊！

卖花女（被这个表演逗得发笑）：得了吧！

做笔记的人：您看看这个满口街头俚语和土话的人，说这种英语可不就只能一辈子在街头颠沛流离？但是，我敢打包票，三个月内我能让她冒充一位公爵夫人，参加外国使节的游园会。我甚至能够在上流社会的贵妇人身边给她弄个梳妆女仆的差事，或者商店店员，那种工作需要更加优雅的口音。

卖花女：你说啥呢？

做笔记的人：坦白说，你这压烂了的白菜叶，站在这里简直是在玷污这庄重的廊柱，活着就是在侮辱英国语言。但是，我可以让你成功地冒充色巴女王。（向着绅士）您愿意相信这种事情吗？

绅士：我当然相信，我自己就是研习印度方言的，而且——

做笔记的人（兴奋地）：是吗？您认不认识《梵语口语》的作者，皮克林上校哇？

绅士：我就是皮克林上校本人。请问您是谁呀？

做笔记的人：亨利·希金斯，《希金斯通用注音字母表》的作者。

皮克林（很高兴地）：我从印度回来就是为了与您会晤。

希金斯：我也正想去印度拜访您。

皮克林：您住在什么地方？

希金斯：温珀街 27 号 A 户。明天到我家来吧。

皮克林：我住在卡尔顿饭店。不如您现在就到我那儿去，我们随便用些夜宵，边吃边谈吧。

希金斯：悉听尊便。

卖花女（当皮克林走过她身边的时候）：好心的绅士，买我一朵花吧。我还没钱付房租呢。

皮克林：我真的一点儿零钱也没有了。实在抱歉。（他走开了。）

希金斯（为她的谎话感到震惊）：小骗子。你刚刚明明说自己找得开半克朗。

卖花女（绝望地站起身）：你真该被塞一肚子的铁钉，你这坏蛋。（把花篮扔在他脚下）你该出六便士把整篮花都买下来。

教堂的钟声敲响了，晚上十一点半了。

希金斯（钟声让他醒悟过来，认为自己对待穷苦女孩那种冷若冰霜的态度是不恰当的。）：这提醒我了。（他庄重地脱帽致敬，掏出一把钱币扔进花篮，然后追随着皮克林的脚步离开。）

卖花女（捡起一个半克朗硬币）：咦？（又捡起两个两先令的银币）哦！（又捡起几枚硬币）哇！（又捡起一个半英镑①的金币）我的天呐！

弗莱迪（从一辆出租车里跳下来）：总算找到了一辆车。嘿！（向

---

① 英国旧币制：1 英镑等于 4 克朗或 20 先令，1 克朗等于 5 先令，1 先令等于 12 便士。19 世纪早期至 20 世纪初英国发行过半英镑的金币，面值 10 先令。

着卖花女）之前在这儿的那两位女士哪儿去啦？

卖花女：雨停了，她们就走路去搭公共汽车了。

弗莱迪：那我叫来的车怎么办？太过分了！

卖花女（大模大样）：没关系，年轻人。我正要坐出租车回家去。（她大摇大摆地走向汽车。司机伸出手紧紧地拉住关闭的车门，不让她上车。她非常清楚，他不相信自己身上有钱。于是，她向他摊开手掌，让他看看自己满手的钱币。）查理，车钱对我来说可不算什么问题。（司机微笑着打开了车门。她把花篮塞进车子，自己也上了车，对着窗外说）再见，弗莱迪。

弗莱迪（莫名其妙地举举自己的帽子）：再见。

司机：到哪儿去？

卖花女：白金汉宫。

司机：你说啥？白金汉宫？

卖花女：你不知道那是哪儿吗？就在格林公园，国王住的地方啊。再见，弗莱迪。别傻站在那儿，快回家去。

弗莱迪：再见。（他离开了。）

司机：这？你说白金汉宫到底是什么意思？你到白金汉宫去干什么啊？

卖花女：我当然不去白金汉宫了，我只是不想让他知道我要去哪里。你送我回家。

司机：你家在哪儿啊？

卖花女：德鲁丽路，智者坊，就在梅克约翰油店边上。

司机：这听起来才像你住的地方啊，姑娘。（他开动了汽车。）

让我们也跟随着车子来到智者坊的坊口，这是一道窄小的拱门，两边都是店铺，其中之一就是梅克约翰油店。车子在这里停下，卖花女伊莉莎提着她的花篮，下了车。

伊莉莎：多少钱？

司机（指着车上的计价器）：你会看吗？一先令。

伊莉莎：两分钟就要收一先令！

司机：无论两分钟还是十分钟，都是这个价。

伊莉莎：哪有这样的道理？

司机：你以前从没坐过出租车吗？

伊莉莎（很有派头地）：坐了成百上千次啦，小伙子。

司机（嘲笑道）：算你运气好，姑娘。先令你自个儿留着用吧，亲爱的，我替我全家人问候你。祝你好运！（他开着车离开了。）

伊莉莎（觉得自己似乎被羞辱了）：真无礼！

她拿起花篮，沿着巷子走进去，回到了自己的住所。那是一间小屋子，墙纸破旧，潮湿处的纸甚至快要落下来了。玻璃窗上有一个破口是用纸补上的。墙上还用大头针钉着些从报纸上撕下来的照片，是一位知名演员的肖像和一位女士的时装照，照片上展示的服装远远超出了贫穷的伊莉莎可支付的范围。窗前还挂着一个鸟笼，但早已鸟去笼空，只剩下这么一个纪念物了。

这就是屋里能够见到的仅有的奢侈物品了。除此之外，这里还有一张破烂不堪的床，上面堆满了各式各样能暂供保暖的御寒物；一只遮着布的粗木箱子，上面还放着一个脸盆、一只水壶和一面小镜子；一套桌椅，不知道是从郊区哪个人家的厨房里弄来的破烂儿；壁炉架子上放着一个闹钟，是美国货；屋子里点着的是煤气灯，需要把一个便士放进投币口才会工作的那种。这里的房租是一周四个先令。

伊莉莎已经疲倦不堪了，但是她实在是太过兴奋了，没办法睡着。她就坐在那里，数着她刚刚得来的一笔财富，幻想着、筹划着该如何处理这些钱。这时，煤气灯熄灭了，她毫不吝惜地再次投入一个便士，这是她有生以来第一次体会到挥霍的快乐。但是，这种短暂的挥霍感并不足以完全消除她原有的应当节俭度日的意识，她盘算着，躺回床上去继续幻想，躺着思考大概比不生火坐在这里思考更加经济实惠、温暖舒适。于是，她摘下头巾，脱下裙子，把它们堆放在那些杂七杂八的御寒物上，然后就踢掉鞋子爬上床去，没有另换睡衣就入睡了。

第二幕

第二天上午十一点钟，在温珀街上，希金斯的实验室里。这是一间位于二楼的临街大房间，原本是打算作为客厅使用的。后面的墙上是道双扇门，一进门就可以看见右边的靠墙处摆着两个高大的文件柜，形成了一个直角。就在这个角落，还安置了一个放着录音机的写字台，一个窥喉镜，一小排带风箱的风琴管；一组配备着灯头的灯罩，用橡皮管连接着墙上的煤气接口；几个尺寸不同的音叉；一个等比例半人头模型，可以看出口腔中的发声器官。除此之外，还有一个装在匣子里的蜡筒，是用来录音的。

再往前一些，是一个壁炉，炉边靠近房门的地方摆放着一个舒适的皮躺椅和煤斗。壁炉架上摆着一个时钟，壁炉和放着录音机的桌子之间是一个报刊架。

在门的另一边，也就是访客的左手边，摆着一个带抽屉的小柜子，上面放着电话和电话簿。占了墙边大半面积的是一架大钢琴，在离门较远的位置摆着弹琴的软凳，和琴的键盘一样长。钢琴上放着一个堆满水果和糖果——大多数是巧克力糖的果盘。

屋子的正中间什么也没有放，除了躺椅、琴凳和桌边的两把椅子之外，还有一把椅子孤零零地待在壁炉边上。墙上挂着一些版画，大多数是意大利的皮兰内西斯的风景版画和人物铜版画作品，没有油画和水彩画。

皮克林就坐在桌子边，他刚放下一些资料卡和一个刚刚用过的音叉。希金斯站在他身旁稍微靠后一些的地方，正在合上两三个装满文件的抽屉。在晨曦中，他看起来是个身体强壮、充满活力、讨人喜爱的人，大约四十岁，穿着一身看起来专业性很强的黑色礼服大衣，白色的领子衬着黑色的丝绸领结。他看上去是那种精力充沛、喜爱从事科学研究的人，对于一切可以研究的对象都有着狂热的兴趣。他一旦研究起什么东西来，就顾不上自己，也顾不上别人，当然也顾不上别人的感受。要不是考虑到他的年纪和个头，你简直会觉得他就是个任性的小孩子——孩子处在刚刚开始懂事的年纪时，对身边发生的任何事情都要管上一管。如果不像照顾孩子那样时时刻刻对他留点儿神，他就会在无意中闯出什么祸来。他高兴的时候，总爱多管闲事；他不开心的时候，就会耍小脾气。但是，他总是直截了当地把自己的想法说出来，不带任何恶意，所以即便是在他最不讲道理的时候也是讨人喜欢的。

希金斯（关好最后一个抽屉）：好啦，我想大概就这么多了。

皮克林：真是了不起，我能够弄明白的还不到一半。

希金斯：那么您想重新回顾一遍吗？

皮克林（站起身走到壁炉边，背对着炉火）：不用了，多谢，至少现在不用。这一早上我已经够累的了。

希金斯（跟着他走到壁炉边，站在他左侧）：听倦了这些声音吗？

皮克林：是啊，这可真是吃力。我自己能够念出二十四个元音，这就已经让我觉得干得不错了。我几乎听不出您那一百三十个元音的发音有什么区别，我完全被弄得稀里糊涂的。

希金斯（笑着走到钢琴边去吃糖果）：噢，这要靠练习。一开始，您听不出它们有什么不同。可是时间长了之后，您会发现不同的音之间的区别，就像 A 和 B 的区别一样显而易见。（皮尔斯太太探头进来，她是希金斯的女管家）有什么事情吗？

皮尔斯太太（有些迟疑，很明显，她不知该怎么办了）：先生，有一位年轻女子要见您。

希金斯：年轻女子！她找我有什么事呢？

皮尔斯太太：先生，她说您要是知道她是为了什么事而来，一定会很高兴地欢迎她的。这个姑娘实在是粗俗，我原想打发她走，可是我又考虑到您可能想要她来录音什么的。我希望我没有做错事，因为您有时候会接见一些很古怪的人物，所以请您原谅我，我想，先生——

希金斯：噢，没关系。你不用紧张，皮尔斯太太。她的口音是不是很有趣？

皮尔斯太太：并不是！她的口音听起来真是糟糕又难听，先生。我真不知道您为什么会对她有兴趣。

希金斯（向着皮克林）：那么我们就让她上来吧。带她上来，皮尔斯太太。（他跑到自己的写字台前，拿起一个录音筒。）

皮尔斯太太（不太赞同又无计可施）：好吧,先生,就按您说的办。（她下楼去了。）

希金斯：运气可真好。我可以向您展示我是怎么录音的。我们先让她说话，然后用贝尔的可视语音法把她的口音记录下来，再用宽式罗马字记录一遍，最后用录音机录制。这样一来，您随时都可以打开录音，对照着注音符号听她的口音，听多少次都不成问题。

皮尔斯太太（返回）：先生，这就是那位年轻女子。

卖花女故作端庄地走了进来。她头上戴着一顶插着三根鸵鸟毛的帽子，一根是橘色，一根是蓝色，还有一根是红色。她围着一件不算肮脏的围裙，还把自己的粗呢外衣弄平整了一些。她这副寒酸却动人的形象，和那带着天真虚荣又自视甚高的神情，使得皮克林为之心软了。在皮尔斯太太走进屋子的时候,他就已经站起了身。至于希金斯，他对待男性和女性唯一的不同之处就是：当他不盛气凌人，也不为鸡毛蒜皮的烦心事而赌咒发誓的时候，就会像孩子为了得到某些东西时哄骗保姆一样，用甜言蜜语去哄骗女性。

希金斯（看到她后表现出明显的失望，像个孩子似的大吵大闹起来，态度粗鲁地说）：怎么回事？这不就是昨天晚上我记录口音的那个姑娘吗？她已经没有用了！我已经有了足够的丽松葛洛夫土音的记录，所以我也绝不愿意再为她的发音浪费一个蜡筒。（向着卖花女）回去吧！我不需要你。

卖花女：别这么无礼。你还不知道我是为什么而来。（向着站在门口等待吩咐的皮尔斯太太）你告诉过他我是坐出租车来的吗？

皮尔斯太太：别胡闹啦，小姑娘！你怎么会觉得一位像希金斯先生这样的绅士会在乎你是怎么来的呢？

卖花女：别那么骄傲！反正他总得上课的，我听到他说的那些话了。我可不是来讨你的恭维的，要是你觉得我付的钱不够，那我可以到别家去。

希金斯：什么不够？

卖花女：钱不够。现在你听懂了，是吧？我是来上课的，而且是打算付学费的，别搞错了。

希金斯（觉得无比惊讶）：什么！（气得喘不上气来）你指望我怎么跟你说呢？

卖花女：好吧，你要是个明白人，就该邀请我坐下来。我不是已经说过了，我可是来给你生意做的啊！

希金斯：皮克林，我们是让她坐下，还是把她从窗户里丢出去好？

卖花女（害怕起来，恐惧地跑到钢琴边，转过身）：哎呀！哎呀！哎呀！（觉得自己受了委屈，反复念叨着）我愿意像小姐太太一样付钱给你，你为什么这么无礼？

两位绅士站在原地一动不动，十分震惊地瞧着她。

皮克林（温和地）：可是，你做这件事的理由是什么呢？

卖花女：我要到花店里去做个店员，我不愿再在街头卖花了。但是如果我不能说一口斯文话，他们是不会雇用我的。他说他能把我教好，所以，我来了。我都准备好了要付学费给他——又不是占了他什么便宜——干吗不拿我当人看呢？

皮尔斯太太：你这姑娘怎么这么不明白事理呢？你支付得起请希金斯先生上课的费用吗？

卖花女：我怎么出不起了？我晓得这些课该花多少钱，我也愿意出。

希金斯：那你能付多少钱呢？

卖花女（觉得自己占了上风，走了回来）：这才算是正经谈话啦！想想你昨天扔了多少东西给我，我想，你总不会放过拿回去一点儿的机会吧？（偷偷地）你昨天是不是喝醉啦？

希金斯（专横地）：坐下来。

卖花女：噢，你要是想借此表示歉意——

希金斯（对她大吼）：坐下来！

皮尔斯太太（严厉地）：坐下来吧，小姑娘，让你坐下你就听话。

卖花女：哎呀！哎呀！真吓人！（她站在那儿，半是惶恐半是抵抗，一副不知所措的样子。）

皮克林（彬彬有礼地）：请坐好。（他将那把多余的椅子搬过来，放在壁炉前的地毯旁，就在他和希金斯的座位中间。）

卖花女（装腔作势地）：好吧，我觉得坐下来也不是不行。（她坐下来，皮克林走回自己原本的位置去。）

希金斯：你叫什么名字？

卖花女：伊莉莎·杜利特尔。

希金斯（一本正经地朗诵起来）：伊莉莎，伊丽莎白，波奇，波斯，她们到树林里去找鸟巢。

皮克林：找到了一个巢，里面有四个蛋。

希金斯：每人拿一个，巢里还剩仨。

他们大笑起来，因编出来的打油诗自得其乐。

伊莉莎：噢，别再冒傻气了。

皮尔斯太太（站到伊莉莎的椅子后边）：你可不能这么对绅士说话。

伊莉莎：那他们这么对我说话怎么就合情合理呢？

希金斯：好，咱们言归正传。你打算付给我多少学费呢？

伊莉莎：我晓得市面上的价格是多少。我认识一位太太，请了个真正的法国教授教她法语，是十八个便士一个小时。你总不会厚着脸皮要求我付跟学法语一样的学费吧？这是在学我自己的语言，又不是学法语；我顶多给你一先令，你接受这个价钱的话我就来这儿上课。

希金斯（来回踱步，将手插在口袋里，晃动着里面的钱币和钥匙）：皮克林，要是您不把这一先令单纯地看作一先令，而是看作这个姑娘全部收入之中所占的比例，那就足足能抵得上一位百万富翁手里的六七十镑了。

皮克林：为什么这么说呢？

希金斯：你算一算。一个百万富翁每天的收入大约是一百五十镑。她呢，一天的收入也不过就是两个半先令。

伊莉莎（自豪地）：谁说我的收入只有……

希金斯（继续说）：她说要付给我自己每天收入的百分之四十当学费呢，这就好比一位百万富翁心甘情愿地用每天收入的百分之四十，也就是六十磅来当作学费。这确实可观。真的，这可真是一大笔钱呢！我从来都没有收过这么高的学费。

伊莉莎（站起身来，被吓坏了）：六十镑！你说的什么话呀？我可从来没有答应过要给你六十镑。我从哪里变出来——

希金斯：别说话了。

伊莉莎（哭了起来）：可是我真的没有六十镑呀。噢——

皮尔斯太太：傻姑娘，别哭了。坐下吧。这里没有人要抢你的钱。

希金斯：你要是再这么哭哭啼啼的，就有人要用鸡毛掸子修理你一顿了，坐下。

伊莉莎：噢！别人还以为你是我老爹，在训我呢。

希金斯：我要是下定决心教导你，就会比两个老爹还凶。这给你。（他把自己的丝绸手帕递给她。）

伊莉莎：这是干吗用的？

希金斯：擦你的眼泪用。脸上哪儿湿了就拿这个擦干净。记住，这是你的手帕，那是你的衣袖。如果你还想去做个店员，就别再用错它们了。

伊莉莎对他的话全然不明白，一头雾水地瞧着他。

皮尔斯太太：希金斯先生，您那样跟她说是没有用的，她听不明白您的意思。而且，您做得也不对，她平时没有那么做过。（她拿过手帕。）

伊莉莎（抓过手帕）：喂！你把手帕还给我。他这是给我的，又没说要给你。

皮克林（大笑起来）：这就对了。我想这手帕是要归她了，皮尔斯太太。

皮尔斯太太（无可奈何地）：您可真是活该，希金斯先生。

皮克林：希金斯，我对那件事情倒是很有兴趣。您之前说的，在外交使节的游园会上冒充一位公爵夫人的事情，您看如何？要是您能把这事儿办成功，我就承认您是当代最伟大的语音学家。我愿意跟您打赌——要是我输了，所有实验费用我来承担。我也会承担她的学费。

伊莉莎：噢，您可真是好心肠。多谢您，军官老爷。

希金斯（跃跃欲试地看着她）：我也很想试试。她低贱得这样可爱，肮脏得这样吓人——

伊莉莎（非常反对这种说法）：哎哟！哎呀！说什么呢！我可不脏，我可是洗了脸和手才到这里来的。

皮克林：希金斯，看来您是不打算对她进行一番恭维，让她对您有个好印象了。

皮尔斯太太（不放心地）：先生，您可别这么说。让一个姑娘对人留下好印象的方法多得不得了，希金斯先生在这方面比谁都要高明，虽然他常常无意这么做。先生，我希望您不要鼓励他去做些傻事情。

希金斯（越想越兴奋）：什么是人生？不就是趁着一时心血来潮去干些蠢事吗？能让人心血来潮的蠢事不是天天都能遇到的。我一定要把这个破破烂烂的穷丫头变成公爵夫人。

伊莉莎（对他的看法表示非常强烈的反对）：噢——不！

希金斯（兴高采烈地）：就是这样。要是我能在六个月内让她变得才思敏捷、口齿伶俐——也许只需要三个月——我就带她出席各种各样的场合，伪装成各种各样的人物。咱们今天就开始，就现在！事不宜迟！皮尔斯太太，你把她带去洗刷干净，要是别的法子不行，就用猴牌去污剂给她洗。厨房里火烧得旺不旺？

皮尔斯太太（抗议）：烧得很旺，但是……

希金斯（不容置疑地）：把她的衣服都换下来，烧掉。打电话到辉特雷成衣铺或者别的什么地方去，叫他们送新衣服过来。衣服到之前，先用牛皮纸把她裹起来吧。

伊莉莎：你根本就不是个正派人，听听你说的话吧。我可是个正派姑娘，我知道像你这类人是什么混账。

希金斯：我们这里不需要你在丽松葛洛夫贫民区的那种假正经派头，小丫头。你非得学会公爵夫人的那一套不可。皮尔斯太太，带她去吧。她要是给你惹麻烦，就用鸡毛掸子揍她。

伊莉莎（跳起来冲到皮克林和皮尔斯太太中间去，请求保护）：别这样！我会叫警察的，我真的会的。

皮尔斯太太：我也没有合适的地方安置她呀。

希金斯：就丢到垃圾桶里去好了。

伊莉莎：啊！哎呀！救命呀！

皮克林：噢，行了吧，希金斯，您得讲点儿道理。

皮尔斯太太（坚决地）：希金斯先生，您得讲点儿道理，说真的，您不能把所有人的想法都不当一回事呀。

希金斯受到谴责之后，狂风暴雨一般的情绪转变为和风细雨。他带着一脸讶异，和颜悦色地为自己辩白起来。

希金斯（如同教学一样抑扬顿挫地说）：我难道没有把别人的想法当一回事吗？亲爱的皮尔斯太太，亲爱的皮克林，我从来没有一点儿作践他人的意思。我不过是提出，我们应当对这个穷姑娘进行妥当的照顾，我们应当帮助她准备适应全新的社会地位。如果我没有把自己的意思表达得很清楚，那是因为我不希望伤害到她的感情，或者是你们的感情。

皮尔斯太太（向着皮克林）：您听过这种话么，先生？

皮克林（放声大笑）：有生以来第一次，皮尔斯太太。

希金斯（充满耐心地）：有什么问题吗？

皮尔斯太太：先生，您不能随便把一个姑娘捡回家，就像是在海边捡石子那样。

希金斯：为什么不能呢？

皮尔斯太太：为什么不能！您对她这个人一无所知呀。她的父母会怎么想？说不定她已经嫁了人。

伊莉莎：得了吧！

希金斯：瞧她！这姑娘说得多对。“得了吧！”她嫁人了才怪呢！你不知道那个阶级的女人但凡结了一年婚，就会油尽灯枯，变得跟个五十来岁的老太婆一样吗？

伊莉莎：谁会娶我呢？

希金斯（忽然放低嗓门，摆出架势，以最美妙动听的口音和最字正腔圆的朗诵语调说道）：说真的，伊莉莎，等我把你训练成一位高雅的淑女，就会有许多男子为你神魂颠倒了。

皮尔斯太太：先生，请您别这么说。您不该这样跟她胡说八道。

伊莉莎（站起来，抬着头坚决地）：我要走了。这家伙脑子有问题，绝对有问题。我不想让个疯子来授课。

希金斯（她对他优美悦耳的朗诵完全无动于衷，这让他敏感的内心受伤了）：哦？我脑子有问题？好吧，皮尔斯太太，你不需要给她订购新衣了，直接把她扔出去就行了。

伊莉莎（低声嘀咕）：不，你没有权利碰我一根手指头。

皮尔斯太太：你瞧瞧,你这么顽皮有什么好处呢？（指着门的方向）从这儿走吧。

伊莉莎（快要哭出来了）：我也不想要新衣服，你就是送给我，我也不会拿走。（她扔下手帕）我自己会给自己买。

希金斯（动作灵巧地把手帕接在手中，在她不情不愿地走向门口的时候拦住了她）：你这个不知感恩的坏丫头。我本来打算把你从火坑里救出来，将你打扮得光鲜漂亮，变成一位高贵的淑女，你倒这么对我。

皮尔斯太太：停下吧，希金斯先生。我不允许您再对她说下去了。您这种行为很不恰当。姑娘，回到你父母身边去吧，让他们好好照顾你。

伊莉莎：我可没有什么父母。他们说我年纪够大了，该自己去赚钱谋生了，就把我赶出家门了。

皮尔斯太太：你母亲现在在哪里？

伊莉莎：我没有母亲。是第六个后妈把我给赶出来的，可是没了他们我也能自己活着。我可是个正派姑娘。

希金斯：那好吧，咱们干吗要小题大做呢？你这个姑娘没人照料，对谁都没有用处——除了我。（他走到皮尔斯太太前头去，哄劝着她）皮尔斯太太，你就收她做养女吧，我敢肯定一个养女一定会让你觉得生活充满了乐趣。你别再举棋不定啦，把她带到楼下去，给她……

皮尔斯太太：可是她以什么身份留在这里呢？她领薪水吗？先生，您得弄清楚。

希金斯：啊，你看看她需要什么就给她准备着，算在家庭账本上。（不耐烦地）她要钱又有什么用呢？她住在这里，吃穿不愁，你要是给她钱，只会让她有机会去酗酒而已。

伊莉莎（转过身来面对他）：你这个人真是一点儿都不讲道理，你有见过我喝酒吗？你说的都是假话。（向着皮克林）先生，您是个绅士，请让他别对我这样品头论足。

皮克林（和气地劝告）：希金斯，你有没有考虑过，这个姑娘也有她的自尊和情感。

希金斯（冷漠地打量着她）：噢，不，我想这没必要吧。至少那不是我们需要去操心的东西。（语调愉快地）伊莉莎，你有自尊和情感吗？

伊莉莎：我有，就像其他任何人一样。

希金斯（向皮克林）：你看出困难所在了吗？

皮克林：哦？什么困难？

希金斯：教会她按照语法规则说话。如果只是教她正确的发音，那倒不是什么难事。

伊莉莎：我也不想按照什么语法规则说话。我就想像花店里的太太那么说话。

皮尔斯太太：希金斯先生，咱们言归正传好吗？我得明白这个姑娘在这里到底应该享受什么样的待遇。她有没有工资呢？您把她教育好了以后又要拿她怎么办呢？您得把目光放长远一些。

希金斯（不耐烦地）：我要是让她待在火坑里，她将来又能怎么办呢？皮尔斯太太，你倒是说说。

皮尔斯太太：可是希金斯先生，那是她自己要负责的事情，不是您的责任。

希金斯：好吧，等我做完实验，我们可以再把她扔回火坑去，之后她就自己对自己负责了。这样总行了吧？

伊莉莎：你这个人完全没有同情心，你光知道考虑你自己。（她坚决地站起来，打算离开）算了！我已经听得够多了。我要走了（走向门口）。你一点儿也不为自己做的事害臊。

希金斯（赶紧从钢琴上拿起一块奶油夹心巧克力糖，眼里光彩熠熠，带着恶作剧似的神色）：伊莉莎，吃一块巧克力糖吧。

伊莉莎（受到诱惑，停了下来）：谁知道你这糖果里会不会有什么奇怪的东西？我听说过像你这样的人用药物迷晕姑娘们的事情。

希金斯迅速地拿出小刀，把糖果切成两半，把其中一半放进自己嘴里囫囵吞下，又把另一半拿给她吃。

希金斯：伊莉莎，我保证，我是真心实意地要给你糖吃。我吃一半，你吃另一半。（*伊莉莎张口要说什么，他趁机将那半块巧克力糖塞进她口中*）从今天开始，你可以随时随地享用这些美味的糖果，只要你想吃，多少都可以，好不好？

伊莉莎（*差点儿被巧克力糖噎得窒息之后终于咽了下去*）：这可不是我自个儿想吃的，我是觉得把它从嘴里掏出来太不成体统了。

希金斯：还有，伊莉莎，我记得你说你是坐出租车过来的。

伊莉莎：那又怎么样呢？别人都能坐出租车，我也可以坐。

希金斯：当然啦，伊莉莎。从今以后，你想坐多少回出租车都可以，全凭你喜欢。你可以每天都坐着出租车穿遍全城的每一条街道。你考虑一下吧，伊莉莎。

皮尔斯太太：希金斯先生，您是在对这个姑娘进行诱惑。这样是不对的。她应该考虑的是自己的未来。

希金斯：在这个年纪考虑未来？那可真是胡说。等到没有未来的时候再去考虑未来，为时也不算晚。不，伊莉莎，你要多学学这位太太，帮别人计划未来，但是不要老想着自己的未来怎么办。你就想着巧克力糖、出租车、金子和钻石好了。

伊莉莎：我不想要金子、钻石。我是个正派姑娘。（*她又坐了下来，显出一副端庄的姿态。*）

希金斯：伊莉莎，你应该一直这样，让皮尔斯太太来照料你吧。你将来会嫁给一个留着漂亮小胡子的禁卫军军官，侯爵的儿子，老侯爵会因为你们的婚事而与自己的儿子断绝来往。可是，等到他发觉你是一个美丽、善良的姑娘的时候，他就会回心转意。

皮克林：不好意思，希金斯，我实在不能不管这件事。皮尔斯太太说得对。要是想让这个姑娘自愿把自己托付给您六个月，您得让她清清楚楚地明白这到底是怎么一回事。

希金斯：她根本理解不了这些东西，就算跟她讲清楚也是毫无意义的。而且，我们难道知道自己现在打算做一件什么样的事吗？如果我们知道，就不会去做了。

皮克林：这话说得真妙，希金斯。可是，您跑题了。（向着伊莉莎）杜利特尔小姐！

伊莉莎（受宠若惊地）：啊？噢！噢！

希金斯：你瞧！这就是你从伊莉莎那里得到的回应。啊？噢！噢！你说了也是白说。你就直接向她发号施令就好了，那样就足够了。伊莉莎，你要在这里待上六个月，学习正确的发音，像花店里的店员那样说话。要是你乖乖听话，照我们的吩咐去做，你就可以在一间舒适的卧室里休息，品尝美食，还能随时吃美味的糖果，坐车出去兜风。你要是调皮懒惰，就得睡在厨房后面，跟蟑螂待在一起，皮尔斯太太还会用扫帚柄狠狠地打你的屁股。六个月之后，你就可以穿戴一新，坐着富丽堂皇的四轮马车到白金汉宫去。要是国王看出来你不是个名门淑女，警察就会把你抓到伦敦塔里去，处以死刑，让那些自以为是的卖花女引以为戒。他要是没有看出来，你就可以到花店去做个店员，拿七个半先令的工资。你要是不愿意接受，就是个最不领情的坏丫头。（向着皮克林）这下子您满意啦，皮克林？（向着皮尔斯太太）我说得足够清楚、公平了吧，皮尔斯太太？

皮尔斯太太（充满耐心地）：我觉得您最好让我私下和这个姑娘好好地详谈一番。我不敢打包票说我可以负责照料她或者同意您这么做。当然，我知道，您并不是居心不良。可是，一旦您对别人的口音产生兴趣，您就不会去考虑这么做对别人或对自己会产生什么样的后果了。伊莉莎，跟我来吧。

希金斯：行吧，真是谢谢你，皮尔斯太太，把她撵到淋浴间去吧。

伊莉莎（犹豫不决地站起来，疑虑尚未消除）：你可真是个恃强凌弱的家伙。我要是不愿意待在这里，就不待在这里。我可不愿意挨打，也没说愿意到白金汉宫去，也从来没有招惹过什么警察。我可是个正派姑娘……

皮尔斯太太：姑娘，别顶嘴啦！你对他还不了解呢，跟我来。（她率先走到门口，为伊莉莎打开了门。）

在伊莉莎洗澡的时候，皮克林上校和希金斯谈论关于她的事情。皮克林从壁炉边走到椅子旁，跨坐在椅子扶手上，把双手交叠放在椅背上，质问着希金斯。

皮克林：希金斯，请原谅我问得这么直白。您这人在涉及女人的事情上是否可靠？

希金斯（有些不高兴）：在涉及女人的事情上，您见过什么靠得住的男人吗？

皮克林：见过，而且不少。

希金斯（蛮横地用手撑着钢琴，跳到上面坐着）：我可从来没见过。我觉得，一旦女人和我交往，就会变得爱吃醋、爱挑剔、爱怀疑，总之讨厌得要命。我要是和一个女人交起朋友，就会变得又自私又专横。女人把所有事情都弄糟了。一旦让她们进入你的生活，你就会发现她们总是要跟你唱反调。

皮克林：怎样唱反调呢，举个例子？

希金斯（愠怒地离开了钢琴）：噢，天晓得！大概是女人要向东，男人却要向西，双方都想把对方拉到自己的方向上来，最后就弄得南辕北辙。两个人都往同一个方向走，可是心里都不乐意。（他又在钢琴前的琴凳上坐下来）所以我就是这个样子了，我会当个坚定的单身汉，估计将来也会一直如此。

皮克林（站起身，郑重其事地来到希金斯面前）：说实在的，希金斯！您明白我是什么意思。要是我参与这件事，我就得对这个姑娘负起责任来。我希望大家达成共识，不能利用这个机会占这个穷苦女孩的便宜。

希金斯：什么？您说的什么话呀！我保证,她的清白不容侵犯。（站起身来解释道）您瞧，她马上就要当个学生了，学生本就是不可侵犯的，否则教学无法顺利进行呀。我给好几十个美国来的富家小姐上过课，教她们正确的英文发音，那些都是如花似玉的女郎。我可不是那么容易动摇的，我看着她们就像是在看一大堆木头。我自己也像是一块木疙瘩，所以……

皮尔斯太太打开房门。她拿着伊莉莎的帽子。皮克林回到壁炉前的躺椅边上坐下。

希金斯（兴奋地）：情况如何，皮尔斯太太，一切都顺利吗？

皮尔斯太太（站在门口）：希金斯先生，我想叨扰片刻，跟您说句话，行吗？

希金斯：当然可以。进来说吧。（她走了过来）可千万别把它烧了，皮尔斯太太，我还打算留着它当古玩收藏呢。（他拿过那顶帽子。）

皮尔斯太太：请小心一点儿，我已经答应她留下这顶帽子了。不过，最好还是让我把它放在烘干箱里烘一会儿消消毒。

希金斯（赶紧把帽子放在钢琴上）：啊，多谢你啦。好吧，你有什么事要跟我说？

皮克林：我在这里不妨碍你们吧？

皮尔斯太太：先生，一点儿也不妨碍。希金斯先生，我希望您在这个女孩面前能够谨言慎行。

希金斯（严肃地）：当然了。我什么时候不谨言慎行了。你为什么要跟我说这个啊？

皮尔斯太太（不为希金斯的反应所动）：并不是这样的，先生。您找不着东西或者急躁的时候，说出的话总是不经过大脑。在我面前这样做没什么关系，因为我已经听习惯了。可是您绝不能在这个女孩面前说那些粗俗话。

希金斯（生起气来）：我说粗俗话？（强调）我才不说粗俗话呢，我可反感这种事情了。你说的是什么鬼东西啊？

皮尔斯太太（态度坚定）：我指的就是刚才您脱口而出的那种话，先生。您太喜欢说粗俗话了。我不介意您说什么该滚了、坏蛋、什么鬼东西之类的词，但是……

希金斯：皮尔斯太太，你看看你！你怎么能说这种词语呢！

皮尔斯太太（不让他打断自己）：可是，有一个字眼儿我希望您不要用。那个女孩开始觉得洗澡很舒服的时候就用了这个词儿。就是那个和“洗澡”的“澡”字发音差不多的词儿。当然，她是个没受过什么教育的姑娘，这个词儿大概是她还在母亲怀中的时候学到的。可是，您绝对不能让她听到这个词儿从您嘴里冒出来。

希金斯（态度傲慢）：皮尔斯太太，我可从来没有用过那个词儿。（她定定地凝视着他，弄得他心里有些不安，连忙郑重其事地补充）除非是某些情绪特别激动的时候，不过那总是有充分理由的。

皮尔斯太太：先生，今天早晨您说起自己的靴子，说起黄油和黑面包的时候，都用了那个词儿。

希金斯：啊，这！这是因为它们都押韵哪，皮尔斯太太，那就是诗人的下意识习惯。

皮尔斯太太：好吧，先生，不管您怎么花言巧语狡辩，反正请不要让她听到那个词儿从您口中溜出来。

希金斯：行吧，行吧。你说完了吗？

皮尔斯太太：还没有，先生。我们还要多注意她的个人卫生习惯。

希金斯：当然。这很好。这一点非常重要。

皮尔斯太太：我的意思是说不能让她衣衫不整，或者乱放东西。

希金斯（郑重其事地走过去）：完全正确。我正希望你对这些事情多多留神。（向着皮克林，后者正在饶有兴趣地听着）这些小细节可是至关重要的，皮克林。小事谨慎，大事自成，在花钱上是这样，在生活习惯上也是如此。（他在壁炉前的地毯上停下步子，就像自己已经无懈可击了一样。）

皮尔斯太太：没错，先生。所以我想请您不要再穿着睡衣来吃早餐了，至少别像平时一样，把睡衣当成擦手巾用。还有请您不要用同一个盘子取食好几种食物，以及请您记住不要把煮麦片粥的锅放在干净的桌布上，您得为那个女孩做个好榜样。要知道，上星期您把鱼骨头搞到果酱里，差一点儿就把自己卡死了。

希金斯（狼狈地从地毯边节节败退，退到钢琴旁）：我有时候心不在焉，的确可能会做出那样的事情，但是我确实没有经常那么做。（发起脾气来）顺便说一句，我的睡衣上有一股很难闻的汽油味。

皮尔斯太太：当然会有了。不过要是您肯用别的东西擦手，我也犯不着用汽油为您洗衣服。要知道,那些污渍不用汽油根本洗不掉,您……

希金斯（吼叫起来）：噢，非常好，从今往后我就用自己的头发擦手好了。

皮尔斯太太：我希望您没有感到冒犯，先生。

希金斯（察觉到别人认为自己的情绪是易怒的，感到有些不安）：哪里哪里，皮尔斯太太。你说得非常对，我以后会在这个女孩面前格外留神自己的言行举止。还有别的事情吗？

皮尔斯太太：没有了，先生。我能不能把您从海外带回来的那些日本服饰拿给她穿呢？我实在不能让她穿之前的那些旧玩意儿。

希金斯：当然可以，随你做主。还有别的事情吗？

皮尔斯太太：谢谢您，先生。没有什么事了。（她走了出去。）

希金斯：您知道，皮克林，这位太太对我有许多格外奇怪的看法。我就是这么一个人，有点儿害羞。我从来没有像别人一样觉得自己非常成熟稳重、成就非凡过。可她总是坚定地认为我是个武断、傲慢的，喜欢发号施令的人。我真是搞不懂为什么。

皮尔斯太太去而复返。

皮尔斯太太：信不信由您，先生，有桩麻烦事来了。楼下有一个名叫阿尔弗雷德·杜利特尔的清洁工想要见您。他说他的女儿在您这里。

皮克林（倏地站起）：噢！我说什么来着！

希金斯（毫不迟疑地）：把那个流氓领上来。

皮尔斯太太：噢，那好吧，先生。（她走了出去。）

皮克林：希金斯，他或许并不是什么流氓。

希金斯：那怎么可能。他当然是个流氓。

皮克林：不论他到底是不是，我看我们碰上些麻烦事了。

希金斯（自信满满地）：噢，不会的。我想不会有什么麻烦。就算有麻烦，也是他来迁就我，不是我去迁就他。我们还可以从他那里得到一些有意思的东西。

皮克林：你是说关于那个女孩的？

希金斯：不，我是说他的口音。

皮克林：噢！

皮尔斯太太（站在门口）：杜利特尔来了，先生。（她把杜利特尔带进来之后，关上门便出去了。）

阿尔弗雷德·杜利特尔是一个上了年纪但精力旺盛的清洁工人，他穿着一身倒垃圾的工装，戴着工作帽，帽子后檐一直盖到了后脖颈和肩膀。他的面部轮廓非常深邃，而且相当有趣，看起来并没有恐惧或良心不安的模样。他有一副非常具有感染力的嗓音，这大概是因为他总是毫无保留地倾吐自己的情感和意见。他此时此刻的态度非常义愤填膺，表情坚定不移。

杜利特尔（站在门口，不知道他要找的人是屋里两个人当中的哪一个）：哪一位是希金斯教授？

希金斯：我就是。早，坐吧。

杜利特尔：您好，老爷。（他一本正经地坐了下来）老爷，我是来跟您谈一件非常严肃的大事的。

希金斯（向着皮克林）：洪斯露地区长大的，母亲是威尔士人，我认为是。（杜利特尔惊讶得张大了嘴，希金斯继续说）你想要谈的大事是什么呢，杜利特尔？

杜利特尔（语带威胁）：我来要回我的闺女，明白不？

希金斯：当然啦。你是她的父亲，不是吗？你总不会觉得其他人会想要她吧？我很高兴看到你还惦记着些许父女之情。她在楼上。你立刻带她走吧。

杜利特尔（非常惊讶，站了起来）：什么？！

希金斯：带她走。你以为我会替你抚养她吗？

杜利特尔（辩解起来）：话不是这么说的，瞧瞧，老爷。您这话合乎情理吗？一个大男人这么占人便宜，公平吗？她是我的闺女，您把她弄走了，我那一份好处呢？（他又坐了下来。）

希金斯：你的女儿胆大包天地跑到我家里来，要求我教导她好好说话，以便能在花店里找份工作。这位绅士和我的女管家一直都在场。（恐吓道）你怎么敢到这里来敲诈我？一定是你派她过来的。

杜利特尔（抗议起来）：才不是这么一回事，老爷。

希金斯：一定是这么回事，不然你怎么知道她在我这儿呢？

杜利特尔：不要那么看待我，老爷。

希金斯：我倒要看看警察会怎么看待你。你们串通好了来敲诈我，我要打电话把警察找来。（他坚定地走到电话边，打开了电话簿。）

杜利特尔：我跟您要过一分钱吗？我倒要请这位绅士评评理，我什么时候提过“钱”字？

希金斯（放下电话簿，大步走到杜利特尔面前，质问道）：那你到这儿来做什么呢？

杜利特尔（恳切地）：好吧，您说我这人到这儿来能干什么呢？站在穷人的立场上想一想吧，老爷。

希金斯（火气消了）：阿尔弗雷德，是你派她来的吗？

杜利特尔：天晓得我说的是实话，老爷，我可从没这么做过。我可以发誓，我已经两个月没有见过这丫头的面了。

希金斯：那你是怎么知道她在这儿的呢？

杜利特尔（语调凄婉柔和）：老爷，我能把来龙去脉给您说一遍，只要您让我说话。我很愿意告诉您，我本来就想告诉您，我就是在等着告诉您呀。

希金斯：皮克林，这个家伙倒是有几分演说的天赋呢。您瞧他说话时，淳朴、奔放又抑扬顿挫。“我很愿意告诉您，我本来就想告诉您，我就是在等着告诉您呀。”真是伤感又浮夸的遣词造句！这就是他们威尔士人与生俱来的本能，这点也恰好说明了他虚伪和不老实的原因。

皮克林：噢，希金斯，请别这样，我自己就是西部人。（向着杜利特尔）如果你没有派那个女孩过来，那是怎么知道她在这里的呢？

杜利特尔：是这么一个情况，老爷。那丫头和一个男孩坐出租车兜风，那个男孩是她房东太太的儿子。那丫头来了您这儿，男孩就等着她一起回去。当她知道您愿意把她留在这里的时候，就打发男孩回去给自己取行李。我是在隆埃克街和恩德尔路的拐弯角碰上那个男孩子的。

希金斯：在小酒馆里，是吧？

杜利特尔：那又有什么不对的呢？老爷，穷人也得喝几杯呀。

皮克林：希金斯，您让他继续说下去吧。

杜利特尔：他立刻就告诉我究竟发生了什么事。您替我想一想，一个做爹的又能怎么想、怎么做呢？我就跟那个男孩子说，“你把行李给我弄来”，我说……

皮克林：你为什么不亲自去拿呢？

杜利特尔：那个房东太太对我不怎么放心，老爷。我还给了那个男孩子一点儿小钱，他才肯把行李交给我，那个小兔崽子。我把行李带过来是为了您方便，老爷，为您效力。就是表示一下我的心意，就是这么一回事。

希金斯：有多少行李？

杜利特尔：有乐器，老爷，还有几幅画、一点儿首饰、一个鸟笼子。她说衣裳都不用带了。老爷，您说我听了这话应当怎么想呢？我是她爹呀，您说我应当怎么想呢？

希金斯：所以你就跑到这儿来，免得有人侮辱了这个女孩子的清白？

杜利特尔（认为他已经了解了自己的意思，感到非常欣慰）：就是这么一回事，老爷，没有错。

皮克林：可是你既然打算要带她走，为什么又把行李给她送来呢？

杜利特尔：我说的哪一个字有带她走的意思啦？您说我什么时候说过？

希金斯（坚定地）：你要把她带走，就赶紧的。（他走到壁炉边，按了按铃。）

杜利特尔（站了起来）：别，老爷，别这么说。我不能做那种耽误闺女前程的人。您大概觉得她在这儿能把您伺候好呢，而且……

皮尔斯太太打开门，等待吩咐。

希金斯：皮尔斯太太，这位是伊莉莎的父亲，他来接他女儿回去。把伊莉莎交给他吧。（他走回钢琴旁边，满脸这事与他毫无瓜葛的神情。）

杜利特尔：不是的。您这是误会了。您听我说……

皮尔斯太太：他没办法把她带走，希金斯先生。他现在怎么能够带走她呢？您让我把她的衣服都给烧了。

杜利特尔：是啊是啊，我可不能像带个光屁股猴子一样把女儿带到大街上去，对不对？您来决定这事儿怎么办吧。

希金斯：是你来跟我要你女儿的。既然你要，那就带她走吧。她要是没有衣服，你就去买几件给她穿。

杜利特尔（着急地）：那她来的时候穿在身上的衣服都哪儿去了呢？谁把她的衣服烧了？

皮尔斯太太：我是这里的女管家，抱歉。我已经吩咐成衣店给她送些衣服过来了。衣服一到，你就可以带着她离开。在他们到来之前，你可以在厨房等着，请这边走。

杜利特尔手足无措，一时之间不知道该如何是好。于是，就跟着她走到了门边。他迟疑片刻，终于还是走向了希金斯，一副亲热的态度。

杜利特尔：您听我说，老爷。咱们都是懂人情世故的人，不是吗？

希金斯：噢！现在咱们又懂人情世故啦？皮尔斯太太，你最好先离开。

皮尔斯太太：是的，先生，我看我还是离开比较好。（她表情凝重地走了出去。）

皮克林：畅所欲言吧，杜利特尔先生。

杜利特尔（向着皮克林）：多谢您，老爷。（向着希金斯，后者觉得他的距离实在是近得让自己受不了，于是走到了琴凳那儿。因为杜利特尔身上有他那个行当特有的尘土气味。）说实在的，老爷，咱们有缘哪。您要是愿意要她，我也不是非得把她带回去不可，咱们可以商量出一个办法来。作为一个年轻女子来说，她也有几分姿色；作为我闺女，抚养她可有点儿划不来。我就把话挑明了说吧。我一个做爹的，有做爹的权利，总不能让她就这么白白走掉。我看得出来，老爷，您也是个直爽人，一张五镑的票子对您来说又算得了什么呢？伊莉莎这丫头对我来说又有什么用呢？（他回到椅子边，庄重地坐下来。）

皮克林：你得明白，杜利特尔，希金斯先生的动机光明正大，毫无恶意。

杜利特尔：老爷，您说什么就是什么啦。要是我不这么认为，我就会要五十镑啦。

希金斯（极为反感地）：你的意思是说，你会为了五十镑卖掉自己的女儿吗？

杜利特尔：一般情况下当然不会。不过，为了报答像您这样的一位绅士，我可以特别通融，只要这买卖划得来。

皮克林：你这家伙就没有一点儿道德吗？

杜利特尔（恬不知耻地）：我消受不起那玩意儿，老爷。您要是跟我一样一贫如洗，也消受不起。您要知道，我是没有什么恶意的。要是我闺女能弄到什么好处，我干吗不沾些光？

希金斯（困惑地）：皮克林，我已经不知道该怎么办了。从道德角度看，毫无疑问，就算给这家伙一块钱也是一种罪恶。可是，我又觉得他的要求不是那么全无道理。

杜利特尔：那就对啦，老爷。我的意思也就是如此，这不就是做爹的应有的一点儿心思吗？

皮克林：嗯，我能够理解您的意思。可是，这事儿好像总有哪里不对劲……

杜利特尔：老爷，别这么说，也别这么想就是了。两位老爷，我算得了什么呢？我问问你们，我算个什么东西？我就是个配不上救济的穷光蛋。您替我想一想，一年到头，我净受绅士们欺负，只要我想从哪儿占一点儿便宜，他们就总会用那一套来敷衍我："你不配，这还轮不上你。"可是我的需求也并不比那些人少呀？就拿那个最值得救济的寡妇来说，她没了老公，一星期就能拿到六个慈善机构的救济金，我和那些需要救济的家伙比起来，需求也并没有少多少。我吃的东西就比人家多些，酒也喝得比人家多些。我还得有些娱乐活动，因为我也是个有精神需求的人。我心里不痛快的时候就喜欢热闹，喜欢听听音乐，唱唱小曲儿，乐队跟我要钱的时候也不会少要一分呀。绅士们所说的道德是什么？不就是不给我们钱的托词吗？所以两位老爷，请千万别跟我来这一套。我可是在跟你们掏心掏肺地说话了。我也不打算装出那副值得救济的模样来跟你们要钱。我配不上，但我也不打算改。我就喜欢这个样子，这是千真万确的。可是您说说，我辛辛苦苦拉扯大的一个丫头，讨了二位老爷的欢心，你们难道好意思因为我这个人好说话，就占我的便宜吗？你们说说，五镑的票子难道太多了吗？我就让您来回答这个问题吧，您来评评这个道理吧。

希金斯（*站起身，走到皮克林身边*）：皮克林，我们要是训练这个家伙三个月，可以把他变成内阁成员，或者威尔士的传教士呢！

皮克林：杜利特尔，你觉得这主意怎么样？

杜利特尔：老爷，我才不干呢，多谢您的好意了。我听过牧师和首相咬文嚼字，那都差不多。别小看我，我有脑子有思想，不管是政治家，还是传播知识的学者，或是社会活动家，这些玩意儿都和那些供人娱乐的戏子一样。不过，我可以告诉您，那都不是人过的日子。我就想当个不配救济的穷光蛋。和社会上形形色色的职业比起来，这一行很不错，也就只有这一行还比较对我的胃口。

希金斯：我看我们非得给他那五镑钞票了。

皮克林：就怕他拿去之后不干好事。

杜利特尔：我可不会那么做，老爷，我发誓绝对不会。您不用担心，我才不会把这钱存起来、收起来，用它闲混过日子。保管到星期一的时候，我手里就一分钱都不剩了。这个钱不会让我误入歧途，您放心。我会跟我媳妇痛痛快快地喝一顿酒，我痛快了，别人也做成了买卖，您的钱也没打水漂儿，这样您就满意了。这笔钱这么用再合适不过了。

希金斯（拿出钱包，走到杜利特尔和钢琴中间）：我可真是拿他没辙。我们给他十镑吧。（他拿出两张钞票，递到杜利特尔手中。）

杜利特尔：不要，老爷。她可舍不得花十镑去消遣，我也花不掉这个数。十镑可是一大笔钱啦，无论是谁拿到这么多钱都得好好盘算一番，那就被束住了手脚，快乐不起来了。老爷，您还是按照我说的那个数给我得了：不多一分，也不少一分。

皮克林：你为什么不跟你那位太太正式结婚呢？我总觉得该有一个明确的界限，我实在没办法鼓励你去跨越道德界限。

杜利特尔：这话您跟她说去吧，老爷，我很愿意结婚。现在这种情况苦的人是我。我管不了她，还得给她送礼物，买些漂亮的衣服，讨她欢心。老爷，就因为我不是她的合法丈夫。而且她对此也心知肚明，既然如此她怎么会嫁给我呢！老爷，您听我说，趁伊莉莎年纪轻不懂事，你们只要结了婚就能把她拿捏住啦。这事您要不趁早办，将来准得后悔；现在办了事，将来后悔的就是她了。不过她后悔总比您后悔强，因为您是个顶天立地的男人，她不过是个女人，而且也不懂什么找乐子的事情。

希金斯：皮克林，我们要再听这家伙说一分钟，我们心里所有的道德信念都要完蛋了。（向着杜利特尔）你要五镑，对吧？

杜利特尔：老爷，太感谢您了。

希金斯：你真的不愿意拿十镑走吗？

杜利特尔：这次不拿了，下次再说吧，老爷。

希金斯（给了他五镑的票子）：你拿去吧。

杜利特尔：多谢，老爷，祝您早安。

希金斯：皮克林，咱们这个活儿可不简单呢。

皮克林（确信无疑地）：希金斯，的确不简单。

也许有人想知道希金斯给伊莉莎上课上得怎么样。那么，这里是一个具体的例子，第一课。

大家可以想象，伊莉莎穿上了新衣裳。由于早餐、午餐和晚餐都和以往不一样了，她的整个肠胃都不大对劲儿。现在，她在书房里，和希金斯、皮克林上校待在一起，觉得自己就像是初次到医院去看病的门诊病患一样。

希金斯本来就不习惯静静地坐在那里，现在更是大步流星地来回踱步，弄得她越发紧张不安。如果不是被她视为好友的皮克林还在一旁，让她觉得有几分放心，可能她早就溜之大吉了，甚至一路逃回到她原本的老巢去了。

希金斯：念一遍字母表吧。

伊莉莎：我会念字母。你以为我是个什么都不会的家伙吗？我可不用像个小娃娃一样从头学起。

希金斯（严厉地）：念字母表！

皮克林：你就念吧，杜利特尔小姐。你马上就会明白了。照他的吩咐去做，让他按自己的法子教导你。

伊莉莎：你要我念，行吧——（带着浓重的地方口音读起了字母）唉、掰、赛、戴——

希金斯（像一头受了伤的狮子一样吼叫起来）别念啦。你听听，皮克林。这就是我们缴税支持的小学教育。这个倒霉鬼，我们出了钱让她在学校里受了九年教育，学习莎士比亚和弥尔顿使用的语言，结果她就学会了"唉、掰、赛、戴"，（向着伊莉莎）你念 A、B、C、D。

伊莉莎（快要哭了）：我不是在念你要我念的东西吗，唉、掰、赛——

希金斯：停下。说"一杯茶"。

伊莉莎：叶掰擦。

希金斯：发音要把舌头向前伸，抵住下排牙齿的顶端。再说一次"一杯茶"。

伊莉莎：叶……一掰……一杯擦，擦，擦——我不会说——一杯茶。

皮克林：好，这已经很好了，杜利特尔小姐。

希金斯：可真不错！她第一遍就念对啦。皮克林，我们当真有可能把她变成一位公爵夫人呢。（*向着伊莉莎*）现在你是不是觉得自己已经会说“茶”啦？注意，不要说成“擦”，如果你再说一遍“唉、掰、赛”，你就要被揪着头发在屋子里被拖着转三圈。（*高声念出来*）茶、茶、茶，一杯茶。

伊莉莎（*流着眼泪*）：我听不出其中有什么分别呀，就是你念起来似乎听着更文雅些。

希金斯：你既然都听得出来我们说得不一样，那到底在哭什么呢？皮克林，给她吃一块巧克力糖吧。

皮克林：不，不，杜利特尔小姐，流些眼泪也不打紧，你学得非常快呀，而且功课也不碍事的。我保证不会让他揪着你的头发在屋子里转圈的。

希金斯：你到皮尔斯太太那里去跟她说说吧。自己好好想一想这一课学的东西，自己练习一下：把舌头捋直了说话，不要把它卷起来塞到自己的嗓子眼儿里。下午四点半我们再来上第二课。去吧。

伊莉莎哭哭啼啼地跑了出去。

在伦敦的上流社会社交圈初次亮相之前，可怜的伊莉莎还要这样遭好几个月的罪。

第三幕

这天是希金斯母亲的会客日。客人尚未到来。她住在位于切尔西堤岸上的一栋临河套房里，有三扇朝向河流的窗户。这里的天花板不像同样气派却传统的老式房屋那么高。窗户敞开着，可以从窗外看到外面的露台上摆着一盆盆漂亮的盆栽。如果你面向窗户站着，壁炉就在你的左手边，门在右边最靠近窗户的那个角落。

希金斯夫人在艺术造诣方面，深受莫里斯和彭·琼斯的影响。她的房间布置得跟她儿子在温珀街的房间大不相同，没有被家具和零碎的摆设堆满，而是布置得非常雅致，房间正中还摆着一张长长的美人榻。地毯、莫里斯式的墙纸和花布窗帷，以及美人榻上的织锦缎套子和靠垫，就是这房间全部的装饰。它们本身就极为精致考究，如果再摆上什么零碎的事物作为装饰，反而会让布置得非常和谐的房间减色不少。墙上挂着几幅很漂亮的油画，三十年前，它们曾在格露斯温画廊展出过。

墙上唯一的风景画出自塞舍尔·劳森之手，除此之外还有一张希金斯夫人本人的画像，那是年轻时的她，穿着一身款式新颖、光鲜漂亮的罗塞蒂式服饰。

在斜对着门的角落里，希金斯夫人正坐在那儿写信，她已经年过六十了，早就过了穿着奇装异服的年纪。她面前的书桌也是朴素典雅的款式，手边有一个伸手就能按到的电铃。在她身后的房间里有一张契本代尔式的椅子，还有一张伊丽莎白式的椅子。而房间这一侧，摆着一架雕琢着精巧花纹的钢琴。壁炉和窗户之间的短榻上也同样放着莫里斯式的靠垫。

这时候是下午四五点钟。

房门一下子被推开了，希金斯连帽子都没脱，就闯了进来。

希金斯夫人（无可奈何地）：亨利！（责备地）你今天跑过来干什么呀？今天是我的会客日，你说好了不会打扰我的。（他弯下腰亲吻母亲的时候，母亲摘下了他头上的帽子，放在他手中。）

希金斯：噢，真麻烦！（他随手将帽子丢到桌上。）

希金斯夫人：你马上给我回家去。

希金斯（亲吻她）：我知道，母亲。我是故意在这时候来的。

希金斯夫人：可是你不能来。我是认真的，亨利。你把我所有的朋友都冒犯了，要是让他们碰上你，恐怕以后就不会再来了。

希金斯：胡说八道！我知道我不善交际，可是他们也不会介意的。（他在椅子上坐下来。）

希金斯夫人：不介意？这不是懂不懂交际应酬的问题，是你的长篇大论，总是让别人受不了。说真的，我的好孩子，你可不能留在这里。

希金斯：我非留在这里不可。我有一件事需要您帮忙，跟我的语音学研究有关。

希金斯夫人：那可不行，孩子，对不起。我学不会你那些字音，我收到你用独创的速记法书写的漂亮明信片时虽然很高兴，可是总得去阅读你附寄的普通文字底稿才能看懂。

希金斯：这次不是语音学方面的事情。

希金斯夫人：可你刚刚还说是。

希金斯：那部分和您没什么关系。我找到了一个姑娘。

希金斯夫人：你的意思是说有一位姑娘看中了你？

希金斯：完全不是那么回事。我并不是在说什么风流韵事。

希金斯夫人：那太可惜啦！

希金斯：为什么？

希金斯夫人：四十五岁以下的女子，你可能永远也不会爱上。要到什么时候，你眼里才能看到那些年轻漂亮的女孩子呢？

希金斯：我可受不了年轻女孩子。我认为，可爱的女人应该尽可能地像您一样。我永远不会认真对待那些年轻女孩子，有些习惯早已根深蒂固，改不掉了。（忽然站起，来回踱步，晃荡着口袋里的钱币和钥匙）而且，她们都傻里傻气的。

希金斯夫人：如果你真心爱我，你知道应该做些什么事吗？

希金斯：哦，真麻烦！什么啊？就是找个姑娘结婚，我知道。

希金斯夫人：不要那么坐立不安，把你的手从口袋里掏出来。（他无可奈何地听从母亲的吩咐坐了下来。）这才是好孩子。现在，跟我说说这个姑娘的事情吧。

希金斯：她马上就要来见您了。

希金斯夫人：我不记得自己邀请过她。

希金斯：您没有邀请她，是我邀请的。要是您知道她是什么人物，就不会请她来了。

希金斯夫人：噢，是吗？那又是为什么呢？

希金斯：唔，是这样的，她是一个粗俗的卖花女。我是在马路上碰上她的。

希金斯夫人：你要把这种人带到我的茶会上来？

希金斯（站起来，走过来哄劝母亲）：噢，不会有问题的。我已经教导过她该怎么说话了，对于她的举止也进行了严格的指示。她只能跟人谈两个话题：天气和健康——今天天气如何、您身体好吗。那一套您是清楚的——也不让她说那些寻常话题，这样一来就安全了。

希金斯夫人：安全！谈健康！谈到我们身体里的毛病吗！或许还会谈到身体以外的毛病呢！亨利，你怎么能做这种蠢事呢？

希金斯（不耐烦地）：总得让她说说话吧。（他抑制住自己的烦躁，重新坐下。）她不会出岔子的，您不要紧张。皮克林也参与了。我打赌要在六个月内让别人以为她是一位公爵夫人。我才教了她几个月，她就进步飞快，这个赌约我会赢的。她的听力绝佳，教她发音比教那些有钱人家的孩子还容易，因为对她来说，这完全是一种新的语言。她说英语就和您说法语差不多。

希金斯夫人：这样也足够了。

希金斯：可是，说不够也够，说够也不够。

希金斯夫人：你这话是什么意思呢？

希金斯：我把她的发音调教好了，可是，问题不仅仅在于口音，还在她的谈吐上，就是这个方面——

他们的谈话中断了，女仆进来通报客人的到来。

女仆：安斯佛·希尔夫人和希尔小姐。（她退下了。）

希金斯：不得了啦！（他站起身来，抓过桌上的帽子，急急地向外走去，可还没等他离开，母亲就在向客人介绍他了。）

希尔夫人和希尔小姐就是那天夜里同在修道院广场避雨的母女。那位母亲是一位受过良好教育的女性，沉静端庄，常常神色忧郁，这是由于她经济拮据。女儿则做出一副特别活泼俏皮的模样来，似乎颇善交际，那些家道中落的家庭经常摆出这样的花架子。

希尔夫人（向希金斯夫人）：您好。（两人握手。）

希尔小姐：您好吗？（两人也握手。）

希金斯夫人（介绍）：这是我儿子亨利。

希尔夫人：令郎可是名声在外呢！久仰大名了，希金斯教授。

希金斯（没精打采，不愿上前打招呼）：您好。（他退到钢琴边冷淡地点了点头。）

希尔小姐（做出一副自然的亲切态度走近他）：您好吗？

希金斯（凝视着她）：我似乎曾经在什么地方见过你。可我一点儿都记不起来了，反正这声音我曾经听过。（没精打采地）不过也没什么大不了的。请坐。

希金斯夫人：抱歉，我这名声在外的儿子不怎么懂礼貌。希望你们别见怪。

希尔小姐（活泼地）：没什么的。（她坐在那张伊丽莎白式的椅子上。）

希尔夫人（有些疑惑地）：这是哪里的话呀。（她坐在女儿和希金斯夫人之间的美人榻上。）

希金斯：噢，我的表现有些失礼吗？我并不是故意要这样的。

女仆走进来，将皮克林上校引进来。

皮克林：希金斯夫人，您好吗？

希金斯夫人：您能大驾光临真是太好了。您见过希尔夫人和希尔小姐吗？（双方互相鞠躬，皮克林挪了挪那张契本代尔式的椅子，坐在希尔夫人和希金斯夫人中间。）

皮克林：亨利跟您说过我们是为什么而来的吗？

希金斯（回头）：客人把我的话给打断了。倒霉透顶！

希金斯夫人：亨利，你可真行！怎么能这么说话呢？

希尔太太（作势起身）：我们在这里是不是打扰你们啦？

希尔斯夫人（站起来拉着她坐下）：没有，没有，您来得正好，我们正希望向您引荐一位朋友呢。

希金斯（高兴地转过身来）：没错呀！我们需要两三个人在场见证。你们在这里正好可以充充数嘛。

女仆走进来，将弗莱迪引进来。

希金斯（不耐烦地自言自语）：我的天，又来了一个。

弗莱迪（与希金斯夫人握手）：您好吗？

希金斯夫人：你能来真是太好啦。（介绍）这位是皮克林上校。

弗莱迪（鞠躬）：您好吗？

希金斯夫人：你大概还没见过我儿子，希金斯教授。

弗莱迪（走到希金斯面前）：您好吗？

希金斯（像看一个小偷一样打量着他）：我敢发誓我在什么地方见过你。可是那是什么地方呢？

弗莱迪：我想我们没有碰过面。

希金斯（无奈地）：倒也没什么大不了的。请坐。反正来都来了！（他坐在美人榻上，希尔太太的左边）那么，在伊莉莎到来之前，我们谈些什么话题打发时间？

希金斯夫人：亨利，你在皇家学会的晚会上说得上是众人的焦点，但是在这种日常社交场合里，你可真是有些招人烦。

希金斯：是这样吗？对不起。（忽然惊喜起来）对啊，大概就是如此。（他高兴起来。）哈哈！

希尔小姐（认为希金斯值得追求）：我对您表示理解。我也很不擅长闲谈呢，要是一个人能够把心里想的事情都给说出来，那就好了。

希金斯（愁眉苦脸起来）：老天爷，最好不要那样。

希尔夫人（接上女儿的话）：这是什么缘故？

希金斯：天晓得，人们心里想的话恐怕糟糕透顶。如果把这些话都给说出来，岂不是会把事情弄得一塌糊涂？要是我把自己心里真正想着的话给说出来，你觉得那能是什么好话吗？

希尔小姐（表现得极为活泼）：是什么刻薄的讽刺之言吗？

希金斯：讽刺！谁说是讽刺呢？恐怕是什么粗俗不雅的语言。

希尔夫人（颇为认真地）：啊！我敢说，你并不是这个意思，希金斯先生。

希金斯：你要知道，我们多少都还算是未开化的人。看上去我们个个有文化、有教养，懂得诗歌、哲学、艺术、科学等诸如此类的事情，可是我们当中有多少人真正了解其中的含义呢！（向着希尔小姐）你明白什么是诗歌吗？（向着希尔夫人）你知道什么是哲学吗？（指着弗莱迪）他又懂得什么是艺术和科学，或者诸如此类的其他东西吗？你们瞧瞧，我又真的了解什么是哲学吗？

希金斯夫人（语带警告）：你明白什么是礼貌吗，亨利？

女仆（打开门）：杜利特尔小姐来啦。（她退出去。）

希金斯（站起来跑到母亲身边）：就是她，母亲。（他站在母亲身后，踮着脚给伊莉莎打手势，让她明白谁是这里的女主人。）

伊莉莎身穿精致华丽的衣衫，给人一种极为高贵沉稳、优雅动人的印象，她一走进来，大家眼前一亮，纷纷起身。在希金斯的暗示下，她端庄婀娜地走向希金斯夫人。

伊莉莎（用拘谨而准确的发音说起话来，声调优美婉转）：您好吗，希金斯夫人？（她略微迟疑了一下，但说得很漂亮。）希金斯先生说，我可以来拜访您。

希金斯夫人（客气地）：是啊，我很高兴见到你。

皮克林：您好吗，杜利特尔小姐?

伊莉莎（与他握手）：皮克林上校，是吗?

希尔夫人：杜利特尔小姐，我敢说我们曾经在什么地方见过面，我记得您的这双明眸。

伊莉莎：您好吗？（她从容地在美人榻上坐下来。）

希尔夫人（介绍自己的女儿）：这是小女克拉拉。

伊莉莎：您好吗?

克拉拉（非常热情地）：您好吗？（她坐在伊莉莎身边，认真地将她从头到脚看了个遍。）

弗莱迪（也走到美人榻边上）：我敢说我曾经与您见过面。

希尔夫人（介绍）：这是犬子弗莱迪。

伊莉莎：您好吗?

弗莱迪深深鞠躬，在那张伊丽莎白式的椅子上坐了下来，伊莉莎的绝美容颜使他倾倒。

希金斯（忽然）：天哪，对啦，我想起来了！（所有人都惊讶地看着他。）就在修道院广场那儿！（他垂下了头。）可真是太倒霉了！

希金斯夫人：亨利，注意你的言行！（他正要坐到桌子上去。）别坐我的书桌，你会把它压坏的。

希金斯（闷闷不乐地）：对不起。

希金斯夫人（找些话题闲聊）：您看这天气会不会下雨呢?

伊莉莎：英伦三岛以西的低气压恐怕要缓慢地向东边移动了。从气压来看，天气暂时不会发生什么大变化。

弗莱迪：哈哈！说得真妙！

伊莉莎：年轻人，出什么事了？我敢打赌我并没有弄错。

弗莱迪：绝妙的观点！

希尔夫人：我真希望天气不要变冷，天气一冷，大家就很容易害伤寒。每年春天，我们全家都会害伤寒。

伊莉莎（忧愁地）：他们都说，我姑母就是害伤寒去世的。

希尔夫人（发出表示同情的声音）：哎呀！

伊莉莎（继续用忧愁的语调说话）：可是我认为她是被他们给干掉的。

希尔夫人（听不懂这句俚语）：干掉？

伊莉莎：没错，老天爷呀！她怎么会害伤寒去世呢？前一年她得了白喉，还不是好端端地熬过去了？我可是亲眼看到的。她就这么断了气。他们都以为她已经离世了，可我父亲舀起烧酒往她嘴里倒时，她却忽然活了过来，把勺子柄都给咬断了。

希尔夫人（惊讶地）：哎呀！

伊莉莎（继续控诉）：一个有那么大劲儿的女人怎么会害伤寒离世呢？她留给我的新草帽怎么就那么凑巧不翼而飞了？是被别人偷走了，要我说，就是那偷草帽的家伙把她干掉了。

希尔夫人："干掉"到底是什么意思呢？

希金斯（赶紧解释）：啊，那是一种时髦的说法，就是说害死了一个人的意思。

希尔夫人（惊讶地转向伊莉莎）：你不会相信你姑母是被别人给害

死的吧？

伊莉莎：不相信才怪呢！那些跟她住在一起的家伙，甚至会为了一根别针干掉她，更别说一顶草帽了。（向着弗莱迪，后者正在偷笑）你嗤嗤地笑个什么劲儿呢？

弗莱迪：笑这种时髦的说法。您的措辞太奇妙了。

伊莉莎：要是我说得很好，您又为什么要发笑呢？（向着希金斯）我说错什么了吗？

希金斯夫人（插话）：你什么也没有说错，杜利特尔小姐。

伊莉莎：那就好。（她兴高采烈地说着。）我总是说——

希金斯（站起来看看手表）：咳咳！

伊莉莎（明白了他的暗示，站起身来）：好吧，我得离开了。（所有人都站起来，弗莱迪走过去为大家开门。）真高兴能够见到您。再见了。（她与希金斯夫人握手。）

希金斯夫人：再见了。

伊莉莎：再见，皮克林上校。

皮克林：再见，杜利特尔小姐。（两人握手。）

伊莉莎（对其余人点点头）：再见，诸位。

弗莱迪（为她打开门）：杜利特尔小姐，您是打算从公园里穿过去？要是这样……

伊莉莎（以从容优雅的语调）：散步？该死的，我可不愿意。（大家愣住了。）我打算坐车回去。（她走了出去。）

皮克林松了一口气，坐了下来。弗莱迪走到阳台去，恋恋不舍地看了她最后一眼。

希尔夫人（震惊地）：哎呀，我真不习惯这种新式时髦话。

希尔小姐：母亲，这没有什么。您要是这么古板的话，人家还以为我们是井底之蛙，没有见过世面呢。这只是一种习惯，无所谓什么好坏的。说这些话也没有什么特殊的用意。我倒觉得这种时髦的说法听起来挺有趣的，也没什么大不了的。

希尔夫人：说到这里，我们该告辞了。

希尔小姐：啊，是啊，我们还有三个茶会要去。再见了，希金斯夫人。再见了，皮克林上校。再见了，希金斯教授。

希金斯：再见。在那三个茶会上，你一定要试试这种时髦的说法。可千万别怯场，尽情去说。

希尔小姐（满面笑意）：我一定会的。再见。这些维多利亚早期的规矩都是瞎扯淡。

希金斯（引诱着她）：真是瞎扯淡！

希尔小姐：真是瞎扯淡！

希尔夫人（无比震惊）：克拉拉！

希尔小姐：哈哈！（她神采飞扬地走出去，觉得自己已经是个时髦人物了，下楼梯时，还在发出清脆的笑声。）

弗莱迪（叹息）：唉，您瞧……（他住口不言，走到希金斯夫人面前）再见了。

希金斯夫人（与他握手）：你愿意再见见杜利特尔小姐吗？

弗莱迪（兴奋地）：愿意，我很愿意，非常愿意。

希金斯夫人：你知道我平日里会客的日子。

弗莱迪：我知道，真是太感谢您了。再见。（他走了出去。）

希尔夫人：再见，希金斯先生。（她走了出去。）

希金斯：再见。（兴奋地）怎么样？伊莉莎还能出来见人吧？（他冲到母亲面前，把她拉到美人榻上坐着，自己坐在她左侧。）

皮克林回到她右侧的椅子上。

希金斯夫人：你这傻孩子，她当然不能出来见人了。她的口音和装扮是你的专业和她的裁缝的成就。可是，要是你觉得她说的每句话都毫无破绽，那你一定是为她而神魂颠倒了。

皮克林：可是，您看这一点是不是可以补救呢？我的意思是，我想要抹去她言谈中咒骂的那些部分。

希金斯夫人：她要是还待在亨利身边，那可办不到。

希金斯（不快）：难道您觉得我说话不懂礼貌吗？

希金斯夫人：不，孩子，你说起话来很懂礼貌，如果你是跟船上的脚夫们混在一起。可是，你把她带到花园茶会上去不合适。

希金斯：可是我觉得……

皮克林（插了一句）：行了，希金斯，您说话确实不够文雅。

希金斯夫人（用手拍了拍希金斯，不让他继续说下去）：皮克林上校，您能不能告诉我温珀街到底是什么情况？那个女孩子住在哪里呢？

希金斯：她当然跟我们住在一块儿。不然住哪里？

希金斯夫人：可是你们之间是什么关系呢？她算是女佣吗？否则，别人会把她当成什么？

皮克林：希金斯夫人，我想我明白了。

希金斯：我可不明白。我每天都得教导她，教导了好几个月之后才达到今天这种成就。而且她也挺有用的。她晓得我的东西都放在哪里，还能帮我记下外出约会的行程。

希金斯夫人：你的女管家跟她相处得如何？

希金斯：皮尔斯太太？啊，她很高兴有人帮忙分担工作。可是伊莉莎，她总有许多古怪的想法。她老是对我说："先生，你不替别人着想。"对不对，皮克林？

皮克林：是的。她总会这么说。

希金斯：我没办法忽略这个女孩子，更没办法忽略她那些讨人厌的辅音和元音发音。我天天都在为她操心，动不动就要注意她的唇齿和舌头，更别提她这个人了。

希金斯夫人：你们俩真是一对活宝，玩着这个活生生的小娃娃。

希金斯：玩？这可是我最艰难的一项工作，我说真的，母亲。您想不到这件事情多么有意思，把一个人变成另一个人，教给她一种新的语言，将不同的阶级和意识之间的鸿沟联结起来。

皮克林：是的，这工作非常有意思。请您放心，希金斯夫人，我们待伊莉莎很好。每个星期——几乎可以说是每天——她都有进步。

希金斯：她的听力简直是太好了，跟鹦鹉一样。我用人可以发出的各种音调来对她进行测验：欧洲的方言、非洲的方言、霍屯督人的倒吸气声，那些我花了好几年才能掌握的发音，她一听就会，一下子就能说……（两人同时说道。）

皮克林、希金斯：就像她从小就学过一样。

皮克林：希金斯夫人，我敢说这个姑娘是个天才。她弹得一手好钢琴，我们把她带去听古典音乐和民间小调，都难不倒她。她听到什么调子，回到家就能弹出来，无论是贝多芬、勃拉姆斯、莱哈尔还是里奥纳尔·蒙克顿，虽然她半年前还从未碰过钢琴。

希金斯夫人（用手指堵住耳朵，因为他们俩都在试图盖住对方的说话声）：嘘——嘘——嘘！（两人停止。）

皮克林：对不起。

希金斯：对不起。皮克林一说话，别人就没办法插嘴。

希金斯夫人：安静点儿，亨利。你们不明白吗，皮克林先生，当她来到温珀街的时候还带来了什么？

皮克林：她带了她父亲来。不过，很快她父亲就被亨利打发走了。

希金斯夫人：如果来的是她母亲，事情可能还合理一些。可是，既然她的母亲没有来，就带来了另一样东西。

皮克林：什么东西呢？

希金斯夫人：一个问题。

皮克林：啊，我知道了，你是说让她冒充上流社会贵族的问题。

希金斯：这个问题我可以解决，我已经在着手处理了。

希金斯夫人：不是这个，你们这两个糊涂虫！我说的是她未来的归宿。

希金斯：我不觉得那是什么问题，等她学会了我能教给她的一切好教养，她去哪里都可以。

希金斯夫人：就像刚才在这里的那位穷夫人的好教养？她养成了上流社会的礼貌和习惯，却失去了自食其力的能力，又不具备上流社会贵族的收入！你想过这个问题吗？

皮克林（觉得兴味索然，有些敷衍）：希金斯夫人，那不成问题。（他站起来准备离开。）

希金斯（跟着站起来）：我们可以给她找个轻松的差事。

皮克林：她现在很快乐，您不必为她担忧。再见。（他与希金斯夫人握手，如同安慰一个受惊的孩童一样，然后就向门口走去了。）

希金斯：覆水难收，现在发愁也没有用了。再见，母亲。（他吻了吻母亲，跟着皮克林离开。）

显然，伊莉莎目前还无法以假乱真地冒充一位公爵夫人，希金斯的赌约也没有赢。可是六个月的期限还没有到，第六个月的最后一天，就是她被人误认为是一位公主的时候。要想知道她是怎么做到的，读者可以想象一下，在一个夏夜，伦敦的一处外交使馆内，正在举行一场盛大的宴会。

一辆华贵的汽车来到此处，穿着晚礼服、佩戴着勋章的皮克林下了车，并绅士地扶着伊莉莎下来。伊莉莎穿着贵妇人看戏时穿的那种披风，披风里是晚礼服，她还佩戴着钻石、鲜花等各色装饰品。希金斯紧随其后，他们三个走进了外交使馆。

他们在这里遇到了希金斯的学生：小聂伯谟克，一个来自欧洲、声名远扬的神童，曾经跟随希金斯研习语音学。他精通三十二种语言，在这里担任翻译员。希金斯了解伦敦方言，能够靠口音判断出某个人来自伦敦的什么地方，而这个人则可以判断出某个人是从欧洲哪个地方来的。

皮克林：这个人当真是语音学行家？他会不会发觉伊莉莎的真实身份呢？

希金斯：我们走着瞧。要是被他发现了，赌约就是我输了。

皮克林：好了，伊莉莎，我们要行动了，你准备好了吗？

伊莉莎：您害怕了吗，上校？

皮克林：就像第一次参加战斗一样害怕。

伊莉莎：对我而言，这不是第一次，我已经演练过数百次了。

侍者：杜利特尔小姐、皮克林上校、希金斯教授到了。

外交大使和大使夫人正在聂伯谟克的陪伴下接待客人。

大使夫人（与伊莉莎握手）：您好吗？

伊莉莎（她端庄曼妙的姿态令大使夫人颇为惊艳）：您好吗？

大使夫人：皮克林上校，这是您的养女吗？她会引起社交圈轰动的。

皮克林：感谢您邀她前来参加。（他们往前走去。）

大使夫人（向着聂伯谟克）：你去探听她的底细。

聂伯谟克（鞠躬）：是，夫人。

伊莉莎正打起精神面对着这次考验。她衣衫华贵，满头珠翠，仪态高雅，妩媚动人。当她经过人们身边的时候，人们都停止了谈话，转过头去瞧她。那些站得比较远的年轻人甚至为了看她一眼，站到了椅子上。

大使和大使夫人也从楼梯边走过来，在人群中穿梭着，与客人们交谈。

希金斯与他们寒暄起来。

聂伯谟克也来到他们身边，前来报讯。

大使夫人：啊，你来了，聂伯谟克。对于这位杜利特尔小姐，你打听到什么了？

聂伯谟克：我知道了一切。她的身份是假的。

大使夫人：假的！不会吧？

聂伯谟克：没错，没错。她可骗不了我。她不可能姓杜利特尔。

希金斯：这是何故？

聂伯谟克：因为这是一个英国姓氏，而她不是英国人。

大使夫人：这又从何说起！她的英语很标准。

聂伯谟克：太过标准了。您见过哪一个英国女人能够把英语说得这么完美无瑕，毫无错误？只有在英语上下过苦功夫的外国人才能达到这样的程度。

大使夫人：如果她不是英国人，又是哪里人呢？

聂伯谟克：匈牙利人。

旁边的人：匈牙利人？！

聂伯谟克：没错，而且是匈牙利贵族。我自己就是匈牙利人，也有贵族血统。

希金斯：你用匈牙利语跟她交谈了？

聂伯谟克：是的。她非常狡猾，她对我说："请您说英语，好吗？

我不懂得法语。”法语！她假装自己不知道这两种语言之间的区别，这是不可能的。她会说这两种语言。

希金斯：那你怎么知道她是贵族呢？

聂伯谟克：直觉，老师，这是直觉。只有马扎尔人才会有那种与生俱来的庄重举止，那种坚定不移的眼神。她是一位匈牙利公主。

希金斯（向大使夫人）：夫人，您怎么认为呢？

大使夫人：啊，我当然同意聂伯谟克的看法。总之，她一定是一位公主。

大使：可能不是王室的直系血脉，大概是旁支。但她毫无疑问属于这个阶级。

人群散开了，只有希金斯还站在那里，皮克林走过来找他。

皮克林：伊莉莎呢？

伊莉莎也走了过来。

伊莉莎：我再也受不了了，一位老太太告诉我，我说话的神情就像女王似的，人人都盯着我看。我很抱歉，你的赌约恐怕要输了。我已经尽力去做了，可是无论如何我也没办法把自己变得像他们一样。

皮克林：赌约没有输。你做得远远超出预期。

希金斯：我们快离开这里，我不想跟这些傻子说话了。

第四幕

温珀街的实验室里。午夜时分，空无一人。壁炉架上的钟敲响了午夜十二点的钟声，可炉火并没有生起——这是一个夏夜。

楼梯间传来了希金斯和皮克林的欢声笑语。

伊莉莎打开门走了进来。在灯光能够照到的楼梯口，还可以看到她仍然穿着那些令希金斯的赌约大获全胜的华美服饰。她走到壁炉边，打开电灯。她看上去疲倦不堪：苍白的面色和她乌黑的秀发与眸子形成了鲜明的对比，她的表情看起来有些悲伤。她脱去披风，将扇子和手套都放在钢琴上。接着，她坐在琴凳上，静静地深思着。

希金斯穿着晚礼服和大衣，戴着帽子走进来，手中还拿着从楼下带上来的便服。他脱下帽子和大衣，随手将这些衣服扔在报纸架上，又脱去上衣，换上了便服，疲倦地倒在壁炉旁的靠背椅上。皮克林也走了进来，他也是同样的打扮。他也脱下帽子和大衣，正打算效仿希金斯的行为，又迟疑了片刻。

皮克林：唉，如果我们把这些衣服乱七八糟地堆在客厅里，皮尔斯太太又要唠叨了。

希金斯：那就扔到走廊里，明天她看见会收拾的。

皮克林：我们有点儿醉了。

希金斯（嚷嚷起来）：我的拖鞋去哪儿啦？

皮克林拿起大衣和帽子下楼去了。

伊莉莎面色阴沉地看着希金斯，走开了。她回来的时候，手里拿着一双很大的拖鞋。她把拖鞋放在希金斯面前的地毯上，又坐了下来，一言不发。

希金斯（打了个哈欠）：天哪，这一晚上！（他忽然发现了面前的拖鞋，好像那双鞋是自动出现的一样）噢，拖鞋原来在这里。伊莉莎，关灯；告诉皮尔斯太太，明天早晨不必给我煮咖啡了，我明天要喝茶。（他走了出去。）

伊莉莎极力克制着自己。她站起来，走到壁炉那边去关灯，可是等她走过去之后，她再也忍不住了。她把希金斯的椅子猛地推到地上，发起脾气来。

希金斯（在门外又生气又无奈地喊着）：我的拖鞋又到哪儿去啦？（他走到门边。）

伊莉莎（抓起拖鞋使劲儿地朝他的脸扔过去）：这是你的拖鞋。还有这一只。拿去，倒霉鬼！

希金斯（大吃一惊）：你这是怎么了！（他来到她身边。）出了什么事啊？

伊莉莎（气得喘不过气）：没什么事。我不是已经让你赌赢了吗？这样一来你就得偿所愿了。至于我，反正无足轻重。

希金斯：你让我赌赢了？你！你这狂妄的小东西！是我赌赢了。你干吗要用拖鞋砸我？

伊莉莎：因为我想把你的脸打烂，我恨不得杀了你，你这自私的禽兽。这事情总算结束了，你打算把我扔回大街上去了，是吧？

希金斯（抓住她的手，粗暴地把她按在靠背椅上）：你怎么敢对我发脾气？坐下，不要闹了。

伊莉莎：我以后怎么办呢？我以后怎么办呢？

希金斯：这我怎么知道？你以后怎么办关我什么事？

伊莉莎：你一点儿也不在乎。我知道你不在乎。就算我离世了你也不在乎的。我对你来说算不上什么——甚至不如那双拖鞋。

希金斯（摆出最高傲的姿态）：你为什么要来这么一套？是在这里的待遇还不够好吗？

伊莉莎：不是。

希金斯：是谁对你不够好吗？皮克林上校？皮尔斯太太？还是哪个用人？

伊莉莎：不是。

希金斯：我想你总不能说我对你不好吧？

伊莉莎：不是。

希金斯：很高兴听见你这么说。现在你已经获得自由了，想干什么都可以去干了。

伊莉莎：我能做什么？你把我变成这副模样，我还能去做什么？我能够去哪里？我能够做什么工作？我的将来又怎么办？

希金斯（*似乎明白了她的意思，但并不觉得这是什么大事*）：啊，你担忧的就是这个，对吧？我要是你，就不会为此发愁，给你找个容身之处也不是什么难事，虽然我没料到你要离开。要知道，你还能嫁人。伊莉莎，你长得又不丑，有时候看起来甚至算得上是相当秀丽呢——当然不是现在，你现在哭得丑死了。可是，你要是像平时一样，好好地待着，长相的确算得上是讨人喜欢的。当然，你明白，我指的是在那些要找对象的男人面前。现在去睡个觉，休息一下，等到醒来之后你就不会这么难受了。

伊莉莎看着他，没有说话也没有动弹。

希金斯（*又想出个主意来*）：我敢说我母亲能够给你物色一个合适的对象。

伊莉莎：我们这些大街上的姑娘还不至于这么自甘堕落。

希金斯：你这话是什么意思？

伊莉莎：我卖花，并不是出卖自己。现在你把我当成那种可以随便出卖自己的人了，我除了兜售自己，倒没什么别的可以出卖了。要是你把我留在原来的地方该多好。

希金斯：简直是胡闹，伊莉莎，别扯什么买卖来侮辱人与人之间的关系。你要是不愿意，就不要嫁人。

伊莉莎：可除此之外我还能够做什么呢？

希金斯：很多啊。你先考虑考虑开花店的事情吧？皮克林会给你开一个的，他钱可多了。（笑起来）要是在半年前，你想到自己将会得到一个花店，会高兴得要命。好了，这事不成问题，我要去睡了，我太困了。

伊莉莎：在你离开之前，先生，我穿的衣服是归我所有，还是归皮克林上校？

希金斯（难以理解她说的话）：皮克林拿它干什么？

伊莉莎：也许你们下次找人来做实验的时候需要。

希金斯（感觉自己受到了侮辱）：你就是这么看待我们的？

伊莉莎：我可不想再听这样的话了，我只想知道什么东西属于我，能够让我带走。我可不愿意落个偷东西的罪名。（摘下身上的首饰）请你把这些珠宝首饰拿到房间里收好，行吗？我可担不起它们被我弄丢的罪名。（故意想要触怒他）还有，咖啡的事，你最好自己留个便条给皮尔斯太太。我要走了，不会帮你转达了。

希金斯：不管是皮尔斯太太，还是咖啡，还是你，都给我滚一边去吧！（粗鲁地）我真是个糊涂蛋，浪费自己辛辛苦苦学来的知识和难得的一番同情心，去教导一个没有良心的流浪女。（他昂首阔步地走出去，重重地摔上了门。）

伊莉莎走进卧室，打开电灯。她来到衣柜旁，打开柜子，取出一件轻便的旅行外套，一顶帽子和一双鞋，一起扔到床上。她脱去晚礼服和配套的鞋子，从柜子里拿出一只精致的衣架，将晚礼服仔细地放进柜子挂好。接着，她穿上了便服、便鞋，戴上帽子、手表和手套，拿上一个手提包，查看里面是否有钱，每一个动作都显现出极大的决心。最后，她站在镜子前，凝视着镜中的自己，忽然伸了伸舌头。

她走出房间，关上了灯。

此时此刻，弗莱迪·安斯佛·希尔正在外头的大街上，对着这里的二楼犯相思病，他看着那前一刻还亮堂堂的房间熄了灯。

弗莱迪：明天见，亲爱的，亲爱的，亲爱的。

伊莉莎走出来，将门砰的一声关上。

伊莉莎：你到这里来干什么？

弗莱迪：没有干什么。我夜里多半都会来这里。只有在这个地方，我才觉得快乐。希望您不要嘲笑我，杜利特尔小姐。

伊莉莎：不要叫我杜利特尔小姐，你听到了吗？叫伊莉莎就行了。（忍不住紧紧抓住他的双肩）弗莱迪，你不认为我是个没有良心的流浪女吧？

弗莱迪：当然不，不，亲爱的。您怎么能够这么想呢？您是最可爱，最亲爱的——

弗莱迪控制不住自己澎湃的爱意，抱住伊莉莎，弄得她几乎透不过气来。伊莉莎正是需要慰藉的时候，也回应着他的热情。他们拥抱着彼此，站在那里。

一个年迈的警察走了过来。

警察（认为这一幕有伤风化）：喂！喂！喂！

弗莱迪：对不起，警官，我们刚刚订婚呢。

两人逃开了。

警察摇了摇头，想起了自己年轻时刚刚陷入爱河的情况和希望落空的空虚，迈着职业性的步伐缓慢地向着反方向走去。

这一对情人逃远了，他们拥抱着，没有注意到旁边开来了一辆招揽乘客的出租车。

司机：先生，您和这位小姐打算坐车到什么地方去吗？

两人分开。

伊莉莎：哎呀，弗莱迪，我们不是正好要搭乘汽车吗？

弗莱迪：我身上没什么钱。

伊莉莎：没关系，我口袋里有钱。听我说，我们可以整夜坐着汽车兜风，明天早晨，我可以去找希金斯夫人，向她求助。我会在车里把事情的来龙去脉告诉你。这么一来，警察就不会再干涉我们了。

弗莱迪：好，这太好了！（向着司机）到文博顿公地去。（他们乘车离去了。）

第五幕

希金斯夫人的客厅里，她仍然像之前一样坐在写字台前，女仆走了进来。

女仆：夫人，亨利先生和皮克林上校来了，他们在楼下。

希金斯夫人：让他们上来吧。

女仆：他们正忙着打电话，似乎是要打给警察局。

希金斯夫人：什么？

女仆（走近，低声说）：我觉得亨利先生看起来精神不大正常。我想应当让您知道。

希金斯夫人：你告诉我，他什么时候精神正常过？等他们跟警察局的人打完交道就叫他们上来。他大概是丢了什么东西。

女仆：是，夫人。

希金斯夫人：你到楼上去告诉杜利特尔小姐，亨利和皮克林上校来了，让她先不要出现，等我叫她下来的时候再过来。

女仆：是，夫人。

希金斯风风火火地闯进来，看起来的确精神不大正常。

希金斯：母亲，这事可太糟糕了！伊莉莎逃走了！

希金斯夫人（继续写信）：一定是你把她吓跑了。

希金斯：吓跑了！怎么可能！昨天就和平时没什么两样，我让她去睡觉，她却不肯，反而换了衣服就离开了。今天早晨，她坐汽车来取走了自己的东西，那个傻瓜皮尔斯太太居然也不告诉我一声就把东西都给她了。现在我该怎么办？

希金斯夫人：让她走，亨利。如果她想，她完全有权利离开。

希金斯不安地来回踱步。皮克林走了进来，希金斯夫人放下钢笔转向他。

皮克林（与她握手）：早安，希金斯夫人，亨利已经跟您说了？（他在美人榻上坐下。）

希金斯：那个傻警长怎么说？你没答应付赏金？

希金斯夫人（又惊又怒地站起来）：你们要让警察去捉伊莉莎？

希金斯：当然了，不然我们还能怎么办？

皮克林：警察局里的那些人一点儿也不配合，弄得我们好像在干什么坏事一样。

希金斯夫人：你们有什么权利到警察局去通缉她呀，好像她是小偷、你丢了什么物件一样。

希金斯：可我们想把她找回来。

皮克林：我们不能让她就这么消失，还能怎么办呢？

女仆（打断众人的话）：夫人，外面有一位先生想要见您。

希金斯夫人（坐了下来）：他有说自己是谁吗？

女仆：他说自己从温珀街过来，与亨利先生是老相识。

希金斯（烦躁大叫）：我不认识他，让他从哪儿来的回哪儿去。

女仆：这位先生说自己是杜利特尔。

皮克林：杜利特尔？哪一位杜利特尔？是不是倒垃圾的那个？

女仆：不是倒垃圾的，看起来是一位绅士。

希金斯（激动地大叫起来）：对啦，皮克林！他是伊莉莎找来的什么亲戚。不过，我们不清楚他是个什么人。该死的，我居然完全忘记这件事了。（吩咐女仆）让他进来！

女仆：好的，亨利先生。

希金斯（在房间内踱来踱去，然后又走到希金斯夫人身边）：除了伊莉莎，我认识的杜利特尔就是伊莉莎的父亲。说不定是她父亲知道了她的消息，所以派什么亲戚之类的人到这里来向我禀告呢。（希金斯长长地舒了一口气，然后走到了椅子旁坐下。）

希金斯夫人：你们和伊莉莎的父亲之前就见过面？

皮克林：是的，夫人。我记得之前应该与您提过这位先生。

女仆（将杜利特尔引进门）：杜利特尔先生到了。

杜利特尔走进房间，他正是伊莉莎的父亲。他穿得十分光鲜亮丽，俨然一副大人物的样子，脑袋上戴着当下最时兴的黑色绸缎礼帽，脚上的皮鞋擦得亮闪闪的，身上的西服也十分笔挺，看起来精心熨烫过。但是，与他光彩照人的装扮有所不同的是，他脸上的表情看起来

有些不太和善。刚一进门，他便对希金斯怒目而视，由于实在是太过于愤怒，他甚至连坐在一旁椅子上的希金斯夫人以及皮克林先生都没注意到，他脚步很重地走到希金斯面前，与他面对面站着。

杜利特尔（对希金斯）：你知道我为什么来找你吗？

希金斯：原来是你，总不会是对你不利的大事吧。

杜利特尔（指了指自己的胸口）：你看看！你看看！

希金斯：这又怎么了？

杜利特尔：你看看我的这身衣服，（指了指自己的帽子）这顶帽子，（指了指自己的鞋子）还有这鞋子！

希金斯：你一进门我就都看到了，怎么了？你的女儿伊莉莎给你买的？

杜利特尔：伊莉莎？与她有什么关系？

希金斯（坐到沙发上）：那我倒真是猜不出你到底是为何而来。

希金斯夫人（打断两人）：这位杜利特尔先生，有什么事情请先坐下来谈。

杜利特尔这才注意到自己失态了。自己进到希金斯夫人的宅邸中，居然完全忘记了应该首先向女主人问好。

杜利特尔（对希金斯夫人弯了弯腰）：抱歉，夫人，请原谅我的失礼。

希金斯夫人（将手递给杜利特尔）：没关系的，先生，人都有情绪失控的时候。

杜利特尔（低头握住希金斯夫人的手）：我满脑子都是自己的事

情，以至于全然忘记了礼节。

杜利特尔走到一旁稳稳地站住了。

希金斯：所以你到底有什么事？别卖关子了。

杜利特尔（又露出悲愤的神情）：希金斯！就是你，你把我的一切都给毁掉了，本来我想自认倒霉，可是我越想越觉得不能就这么算了。

希金斯：你是怎么知道伊莉莎不见了的事情的？

杜利特尔：伊莉莎不见了？

希金斯（把头一扭）：是的。

杜利特尔：那你应该很快就能找到她了，你运气这么好，我是找不到她在哪儿的。

希金斯（烦躁地从沙发上站起来）：既然你不知道伊莉莎的事情，那我们就没什么好说的了。（吩咐女仆）送客。

杜利特尔：你今天必须给我的事情一个交代。

希金斯（走到杜利特尔身前）：那你倒是说说，你到底有什么事？

杜利特尔：这一切都是因为你给那个美国老古董写的信。

希金斯（陷入回忆）：什么信？

杜利特尔：您还真是贵人多忘事。（咂了咂嘴）你在信中告诉那个美国人，说我这个倒垃圾的杜利特尔是全英国最优秀的伦理学者。

希金斯：好像是有那么一回事，但那不过只是我开的一个小玩笑。

杜利特尔：一个小玩笑？可是这个小玩笑可把我害苦了。这个美国人为了展示他们与英国人的不同，他立下的遗嘱里为我留下了一大笔钱，但我必须为他们演讲。

希金斯：那你挺幸运的。

皮克林（点了点头）：不错，你可以每年只上台演讲那么一两次，然后就能获得一大笔财富。况且，演讲对于你来说应该不是什么难事。

杜利特尔：你以为我害怕的是演讲吗，先生？我真正害怕的是成为像你一样的人，过上像你一样的生活。

希金斯：我这样有什么不好吗？

杜利特尔：那可真是太不好了，你这样的生活是没有自由的。我以前没钱的时候，想要钱就可以直接管你们要；现在，终于也轮到别人来向我要钱了。以前生病的时候，医院根本都不让我们进，那些医生只要看看我的穿衣打扮，就会直接把我轰出去；现在，医生们恨不得每天给我做两次全身检查，好像我是个绝症病人一样。以前，我与我的那些亲戚从来不来往；现在，我好像凭空多出了几十个亲戚，都不知道他们哪里找到的血缘关系。以前，我爱怎么说话就怎么说话，就算满口脏话也没人在意；现在，我再也不能像以前那样随心所欲地说自己想说的话了，这可真是憋死我了。

希金斯夫人：杜利特尔先生，如果你不想过这样的生活，你完全有权利拒绝的。你只要告诉这位美国老绅士，你不想要这笔钱就可以了。

杜利特尔：可是，夫人，他可是一个大人物啊！我怎么敢拒绝他呢？我能做的也只是无奈接受啊！

希金斯夫人：那这样也挺好，有了这笔钱，你就能让伊莉莎过得更好了。

杜利特尔（跳了起来）：伊莉莎！她跟我有什么关系？看看，有了钱就是谁都要来花一点儿。

希金斯（跳了起来）：伊莉莎不需要花他的钱，也不能花他的钱。她是我的，我已经付给杜利特尔五英镑了，她已经和这位先生没有任何关系了。

希金斯夫人：你们两个简直像小孩子一样不懂事。亨利，别这么不讲理，你要想知道伊莉莎在哪里，我告诉你，她就在楼上。她是今天早晨到我这儿来的，她告诉我，你们俩待她粗鲁无礼。

希金斯（跳起来）：什么？！

皮克林（站了起来）：亲爱的希金斯夫人，我们并没有虐待她，也没有对她说出什么无礼的话来，我想是有什么误会。（转向希金斯）我去睡觉之后你欺侮她了吗？

希金斯：恰恰相反，是她把拖鞋扔到了我的脸上。她还用难听的话骂我。

皮克林（惊讶地）：为什么？我们待她不好吗？

希金斯夫人：我想我很明白那是为什么。这个女孩的本性是非常温柔敏感的，对不对？她对你们两个产生了感情。亨利，她尽心尽力为你做事，你大概不能理解，像她那种出身的姑娘要进行智力上的比拼有多么吃力。后来，到了那个重要的日子，她拼了命去为你达成那件了不起的壮举，一点儿差池也没有。可是你们两个坐在那里，光顾着庆功和吹嘘，没有谁理会她一下，你倒想不明白她为什么拿拖鞋扔你！要是我，我会用火钳扔你。

希金斯：可我们什么也没说，只是说累了要去睡觉。对不对，皮克林？

希金斯夫人：你们也没有感谢她、称赞她、夸奖她做得有多出色吧？

皮克林（有些过意不去）：我们表现得可能的确不太体贴。她是不是很生气？

希金斯夫人（回到自己的写字台前）：恐怕她不愿意再回到温珀街去了，尤其是现在她也有能力保证她如今的社会地位了，虽然这地位是你们硬塞给她的。不过，她说她还是愿意和你们做朋友的，过去那些事情就一笑置之吧。

希金斯（气冲冲地）：哦，她真是这么说的吗？哼！

希金斯夫人：亨利，你要是答应我规矩行事，我就请她到楼下来；你要是不愿意答应，就自己回家去。你现在已经在这里耽误了我不少时间了。

希金斯：好吧。那就这么办吧。咱们拿出最好的风度礼貌来，好好对待这个从垃圾堆里捡来的脏姑娘吧。（他赌气地倒在那张伊丽莎白式的椅子上。）

希金斯夫人：亨利，记住，你可是答应了我的。（她按了按桌子上的铃铛。）你现在可得乖乖听话。

希金斯：我的态度哪里不好啦？

皮克林：希金斯夫人，他在尽力而为呢。

希金斯（跳了起来）：那个姑娘到底在哪儿呢？我们难道要在这儿等她一整天吗？

伊莉莎走了进来，一副从容悠闲、优雅自然的样子。她拿着一个小小的针线篮，镇定自若。皮克林被她的模样震惊了，以至于都忘了站起身来。

伊莉莎：您好，希金斯教授。您身体还好吧？

希金斯（气得连话都说不出来）：你说我——（他卡住了。）

伊莉莎：当然啦，您身体一定好得很，您从来不生病。很高兴再次见到您，皮克林上校。（他赶紧起身同她握手。）今天天气挺凉的，不是吗？（她在皮克林左侧坐下，他也坐了下来。）

希金斯：别跟我耍这一套。你是我教出来的，这些可糊弄不了我。站起来跟我回家去，别在这里装糊涂。

伊莉莎从篮子里拿出针线，开始做针线活儿，完全不理睬他的大吼大叫。

希金斯夫人：你这话说得可真是客气呀，亨利，有哪个女人能够拒绝这样的邀请呢？

希金斯：母亲，您别来插手。让她自己说，她一说话，您就能知道了，除了我愿意叫她说的话之外，她自己又剩了些什么思想呢？说真的，这块料子是我用修道院广场上捡来的一片烂白菜叶雕琢出来的，现在她倒在我面前摆出一副贵族小姐的做派来了。

希金斯夫人（平静地）：你坐下来跟她谈话，行不行？

希金斯怒气冲冲地坐了下来。

伊莉莎（向着皮克林，好像她全然不在意希金斯似的，同时灵巧地忙着针线活儿）：皮克林上校，现在实验已经结束了，您打算完全对我置之不理了吗？

皮克林：别这么说。你千万不要把这件事情仅仅看成是一个实验，这种说法让我听了心里很不好受。

伊莉莎：哦，我只不过是一片烂白菜叶——

皮克林（激动起来）：别这么说你自己。

伊莉莎（态度平静地继续往下说）：可是，您待我那么慷慨仁慈，要是您就这么忘记了我，会让我心里很难过的。

皮克林：杜利特尔小姐，谢谢你这番话。

伊莉莎：这并不单单是因为您为我置办衣裳。我知道，您愿意为每一个人慷慨解囊。可是,什么才是真正的礼貌,我是从您那里学来的。人之所以能成为上等人，正是因为这个，不是吗？您知道，要是身边总是有希金斯教授那样的榜样存在，是很难学会真正的礼貌的。过去，我就像他一样，完全控制不住自己的情绪，稍有不快就会说些粗俗的骂人话。要不是有您在我身边，我永远都不会明白真正的绅士和淑女究竟应该是什么样子。

希金斯：哦！

皮克林：你得明白，他这个人就是那个样子，他并没有恶意。

伊莉莎：是，我从前卖花的时候也对谁都没什么恶意。那也只不过是我的天性罢了。我以前就是那样我行我素，这就是上等人和下等人之间的区别。

皮克林：这话没错。可是，你的谈吐是他教会的。你知道，那些东西我没办法教你。

伊莉莎（满不在意地）：当然啦，那就是他的专业嘛。

希金斯：浑蛋！

伊莉莎（继续说下去）：学漂亮的谈吐就像学习时髦的舞蹈一样，其中并没有蕴含什么深层次的意义，就只是学会了一项技能而已。可是，您知道我真正受到教育是从什么事情开始的吗？

皮克林：什么事情？

伊莉莎（稍微停下了手中的针线活儿）：是从我来到温珀街的第一天，您称呼我为杜利特尔小姐开始的。我的自尊正是从那一刻打心底里萌生的。（继续做针线活儿）还有成百上千件您并没有注意到的事情，因为那些事情对您来说就像呼吸一样自然。就像人在进屋时要脱下帽子以示友好，屋里的人要为他开门，要站起身来欢迎对方，等等。

皮克林：噢，那都是些微不足道的小事情。

伊莉莎：对我来说不是的，那些事情表明您没有把我当成一个后厨女仆之类的低贱姑娘看待。不过，我心里也很清楚，要是一个后厨女仆到会客室里来，您也会像对待我一样对待她。当我在饭厅里的时候，您从未当着我的面脱下自己的皮靴。

皮克林：希望你不要介怀，希金斯向来是到处乱脱靴子的。

伊莉莎：我知道，我并没有怪他。那就是他的习惯，不是吗？可是您并不会那么做，这让我感觉截然不同。您知道，说实在的，除了那些任何人都能够学会的事情之外（穿衣打扮、言谈举止之类的事情），一个淑女和一个卖花女的区别并不在于她怎么做事情，而在于别人对待她的方式。在希金斯教授眼中，我永远都是一个卖花女，因为他就是那么对待我的，将来也不会有任何改变。可是我心里清楚，在您面前我可以做一个淑女，因为您向来是那样对待我的，将来也会继续那样对待我。

希金斯夫人：亨利，请你不要咬牙切齿的。

皮克林：杜利特尔小姐，你实在是过誉了。

伊莉莎：如果您愿意，现在我倒更希望您唤我为伊莉莎。

皮克林：谢谢，伊莉莎，我很乐意。

伊莉莎：但是，我还是更希望希金斯教授叫我杜利特尔小姐。

希金斯：你这见鬼的家伙。

希金斯夫人：亨利！亨利！

皮克林（笑了起来）：你为什么不回敬他几句呢？别听他的。骂他几句会对他很有好处的。

伊莉莎：我没办法那么做。我以前是会回敬他几句，可是现在我办不到了。您知道的，当一个孩子被带到外国之后，只需要几个星期就能学会那里的语言，母语却被忘记了。唉，我就是被带到你们国度的一个孩子，忘记了我原本的语言，如今我只能按你们的方式说话了。这样一来，我真正脱离了街头。离开温珀街，我就真正毕了业了。

皮克林（大受触动）：啊！可是你还会回到温珀街的，不是吗？你会原谅希金斯吧？

希金斯（站起身来）：原谅！我才不要她的原谅！去她的，看看她不在这儿我们该怎么活下去！没有我在她身边，要不了三个星期，她又原形毕露了。

皮克林：他这个人就是这样，本性难移啊，伊莉莎。你不会原形毕露的，对不对？

伊莉莎：不会的，至少现在不会。不，我想再也不会了。我已经学得很好了。

伊莉莎（看向自己的父亲）：哎呀呀！

希金斯（哈哈大笑，学伊莉莎的语气）：哎呀呀！（放松地躺在椅子上）我就说她会原形毕露吧！哎呀呀！

杜利特尔：别管他！伊莉莎，我现在手上有一大笔钱。

伊莉莎：您的钱准是向哪个有钱人要来的。

杜利特尔：可不是嘛！不过，我今天穿成这样是要赶去结婚的。

伊莉莎：和我那后妈？真不知道您喜欢她哪一点！

希金斯夫人（站起身来）：我去准备马车。要不了一刻钟，我就回来了。（她走了出去。）

皮克林：在我离开之前，伊莉莎，我还是希望你原谅希金斯，跟我们回去吧。

伊莉莎：恐怕我父亲也不会让我跟你们回去。

皮克林（恳求道）：伊莉莎，跟我们待在一块儿，不要离开。（他也走了出去。）

伊莉莎不想跟希金斯单独共处一室，于是走到了露台上。他站起身走到她身边，她立刻转身向房门口走去，但他的速度比她要快，在伊莉莎来到门边之前，希金斯已经背靠着门站定了。

希金斯：伊莉莎，你可以说是报复过我了。你觉得自己报复够了没？你愿意心平气和地解决问题了吗？还是要继续胡闹下去？

伊莉莎：你希望我回去，只是想要我给你拿拖鞋，受你的气，为你打杂罢了。

希金斯：我并没有说要你回去。

伊莉莎：是这样吗？那我们现在在谈些什么？

希金斯：谈你的事情，与我无关。要是你愿意回去，我还是会像从前一样对待你。这是我的本性，我改变不了，也不打算改变。我待人接物的态度就和皮克林完全一样。

伊莉莎：这话可就错了。他对待一个卖花女，就像是对待一位公爵夫人。

希金斯：但我对待一位公爵夫人，就像是对待一个卖花女。

伊莉莎：原来是这样啊。（平静地走开，坐在美人榻上，面对着窗户）对所有人一视同仁。

希金斯：就是这样。

伊莉莎：就像我父亲那样。

希金斯（有些委屈地笑了）：伊莉莎，虽然在其他方面不一定相似，但你父亲也并不单单是个无赖。（认真地）伊莉莎，事情的关键不在于对待人态度的好坏，或者采取什么样的态度对待别人，而是在于对待所有人都应当一视同仁。简单来说，就像大家都死了，上了天堂之后那样，在那里人可不分什么高低贵贱，人人平等。

伊莉莎：你可真是个天才传教士。

希金斯（不快地）：问题并不在于我对你的态度是否粗暴，而在于你是否听说过我对待谁胜过你。

伊莉莎（忽然诚恳地说）：我并不在乎你是怎么样对待我的。我不怕你打我骂我，这些我都承受过了。可是（站起身来，面对着他），我不愿意一个人站在我眼前，却忽视我的感受，就这么掠过我离开。

希金斯：那你别在我面前挡着我的路就好了，反正我是不会为了你而停止前进的。你把我说得像是一辆公共汽车一样。

伊莉莎：你就是一辆公共汽车，只知道横冲直撞，不为他人考虑。我就算离了你也能行，你别觉得我非得待在你身边不可。

希金斯：我知道你能行。我对你说过的。

伊莉莎（有些伤心地走到美人榻的另一边去）：我知道你说过的，你这个冷血无情的人。你是想丢掉我才那么说的。

希金斯：我想你大概从来没有考虑过，我离了你能不能行。

伊莉莎（态度认真）：你别打算欺骗我，你不行也得行。

希金斯（态度傲慢）：我不需要任何人。我有我自己的意识，我自己的才智，可是（态度转为谦卑），伊莉莎，如果你离开了，我会想念你的。（在伊莉莎身边坐下）我从你那糊涂的小脑袋里也学到了一些事情。我必须老实承认，而且我也很感谢这一点。我习惯了你的声音和外貌，而且也对它们很欣赏。

伊莉莎：你大可以用录音机照相簿把它们保存下来。你要是觉得闷了，就翻看一下，这么一来也不会伤害到谁的感情。

希金斯：可是，我无法翻看你的意识和你给我留下的那些情感。只有声音和外貌，这些东西并不是你这个人。

伊莉莎：你可真是阴魂不散。你让一个姑娘揪心，就像别人揪着她的胳膊伤害她一样容易。皮尔斯太太让我对你多加提防。有好几次她都想要离开，却在最后一分钟被你哄了回来。可是，你一点儿也不知道珍惜她，你也一点儿都不知道珍惜我。

希金斯：我关心生活，关心人类，你是其中的一部分。你遇到了我，成了我家的一部分。可能是你，也可能是任何人，你还想要求事情变成什么样呢？

伊莉莎：我不愿意去关心一个毫不珍惜我的人。

希金斯：伊莉莎，这就是买卖啊。就像（用专业的准确发音模仿她在修道院广场上说过的话）"卖紫地丁呀"一样，不是吗？

伊莉莎：别讥笑别人了。这一点儿也不礼貌。

希金斯：我可从来不讥笑别人。

伊莉莎（烦恼地）：我希望能从你们身上得到的只不过是一点儿温情。我知道我只是个蠢丫头，而你是个上流社会的学者，但我也并不是你脚底的尘埃。我做这件事并不是为了漂亮衣裳或坐汽车，我做这件事是因为我们相处得很好，我也就逐渐开始关心你的期望了。我并不是希望你爱护我，或者忘记我们之间的区别，我只是希望我们互相尊重，互相友爱。

希金斯：当然，我也希望这样。皮克林也是。伊莉莎，你真傻。你要是想成为一个上流社会的淑女，就不要总是在意别人珍不珍惜、关不关心你，不要非得要求认识你的男人花一半时间来为你流泪。如果你不能够忍受我这种冷淡、紧张的生活，就回你的贫民窟去，拼了命地劳动，然后终日酗酒去吧。没错，这种生活一点儿都不坏，有真实，有温暖，有热闹。多厚的脸皮都能体会到，不需要训练或下苦功也能够感受得到，不像文学、古典音乐、哲学或者艺术那样。你觉得我冷漠无情、自私残酷，对吧？好哇，你可以回到你喜欢的那些人之中去，嫁给一个富有而多情的人，如果你不能够欣赏自己目前所拥有的东西。

伊莉莎（无奈地）：啊，你总是这样一意孤行。我无法跟你辩论，你说什么都是对的。我无法再回到贫民窟去，你心知肚明。在这个世界上，除了你和皮克林上校之外，我没有交到过什么真正的朋友，你也很清楚。你只是假装不知道，以此来羞辱我，你真可怕。你以为我除了温珀街无处可去，最终还是得被你踩在脚底下任意践踏，可你别太有把握了。我要嫁给弗莱迪，我决定要嫁给他了。

希金斯（吃惊地）：弗莱迪！那个小傻子！就算他有胆子找工作也没有地方想要他！你怎么就不明白，我已经把你变得配得上一位国王了呀！

伊莉莎：弗莱迪爱我，在我眼里，他就跟国王一样好。我不需要他去拼命工作，毕竟他不是在我那种生存环境中长大的孩子。我可以去当老师，教授你教给我的东西，教语音学。

希金斯：哈！哈！哈！

伊莉莎：我真傻，怎么没早点儿想出这个主意。你夺不走你教会我的那些东西。你亲口承认过，我的听力远胜于你。我待人的态度还非常和善，这是你永远办不到的。我可以在报纸上发表声明，说你的公爵夫人只不过是一个经过语音课程调教的卖花女，而且她有能力在半年内把任何人教得跟她一样，只需要一千镑学费。哈，我曾经是你脚下的一只蝼蚁，但其实，我明明只需站起来，就能够达到跟你一样的高度，我可真是白受了那么多打骂！

希金斯（诧异）：你这胆大包天的丫头！不过，你现在这个样子，总比哭哭啼啼、光知道给人拿拖鞋和眼镜要好，不是吗？（站起身）的确，伊莉莎，我说过要让你脱胎换骨，现在我成功了。我喜欢你现在的模样。

伊莉莎：现在你转而讨好我了，因为我不再惧怕你，也不再需要你了。

希金斯：确实如此，你这傻丫头五分钟前还只会拖我的后腿。现在，你不仅独立自主，还能为别人保驾护航。我、你还有皮克林现在已经由两个男人加一个傻丫头的组合，变成三个单身汉的组合了。

希金斯夫人走了进来，伊莉莎的态度立刻变得文雅稳重。

希金斯夫人：伊莉莎，你准备好了吗？

伊莉莎：好了。教授，再见了。

希金斯：再见，母亲。（忽然想起几件事）噢，我想起来了，伊莉莎，请你叫商店送一只火腿和一块斯提尔敦奶酪给皮克林好吗？再帮我买一副八号的鹿皮手套和一条搭配衣服的新领带。（他的声音听起来高兴而响亮，可见全无悔改之意。）

伊莉莎（鄙视地）：你的梳妆台抽屉里有三条新领带，只是你不记得了；如果需要羊毛内衬，八号的手套对你来说太小了；和斯提尔敦奶酪相比，皮克林上校更喜欢罗塞斯特奶酪，你却不明白其中的差别；

早上我已经告诉了皮尔斯太太，让她不要忘记火腿的事情。要是没了我，我可真不知道你该如何生活。（她飘然而去。）

希金斯夫人：恐怕这个姑娘已经被你惯坏了，亨利。如果不是因为她喜欢皮克林胜过你，我可真要为你的婚姻大事担忧了。

希金斯：皮克林？哪儿的话呀！她要嫁给弗莱迪了。哈！哈！弗莱迪！

（希金斯仰天大笑。全剧终。）

圣女贞德

第一场

1429 年，春天，沃库勒尔城堡。

沃库勒尔城堡的主人是罗伯特·德·包椎古尔上尉，尽管他仪表堂堂，却是出了名的色厉内荏。当他不知道该怎么要威风时，他就会冲着可怜的城堡管家发火。现在，上尉和管家都在城堡二楼的卧室里，窗边洒下阳光，管家低头站在上尉面前，这个男人正在愤怒地咆哮。

罗伯特：你说什么？连鸡蛋都没有？你知不知道自己在说什么蠢话？

管家：我知道我在说什么，老爷，的确是连一颗鸡蛋也没有了，我也是毫无办法。

罗伯特：毫无办法？真是荒唐！我，罗伯特·德·包椎古尔老爷，沃库勒尔城堡的拥有者，居然吃不上鸡蛋？而你，你这个废物，想不出一点儿办法！

管家：您说的一点儿都没错，老爷，可是不管您怎么说，我们都没有鸡蛋和牛奶了——因为那个姑娘一直守在门口。

罗伯特：姑娘？啊，你是说那个一直赖在我们门口不走的姑娘？怎么，你到现在都没有赶走她？

管家：我没办法赶走她，她不听我的，老爷。

罗伯特：你是傻瓜吗？难道我让你规规矩矩地请她走吗？我是让你轰走她！揪着她的衣领，将她扔出去！

管家：可那是个倔脾气的姑娘啊，老爷！

罗伯特（上前一步，揪住了管家的衣领）：这么说，你是要让我示范给你看了？我完全可以将你扔到楼下去！你就照着这样做！

管家（发抖）：别，别！老爷！我敢保证，只要您一露面，那姑娘就会被您的气势吓住了！我没办法将她赶走，但您一定行！

罗伯特：那还用说吗？哼，如果我出面，她当然得乖乖地离开。她现在在哪儿？

管家：她跟士兵们待在院子里，老爷，她经常和士兵们在一起闲聊，有时也会和士兵们一起做祷告。

罗伯特：祷告？嘿，这真是好笑，你相信她只是和士兵做祷告吗？我一个字儿都不信。（转头推开窗子，大声）喂！那女孩！

女孩的声音（清脆动听，吐字清晰）：您在叫我吗，老爷？

罗伯特：当然是你了。士兵们，将她带上来见我！（吩咐完这一切，罗伯特就回到他的椅子上坐下，等待着士兵们将女孩带来。）

管家（急促地）：让我对您说说她的诉求吧，老爷。这姑娘所求的东西也很简单，她想要一身军装、一套铠甲、一把长剑，也许她想上前线！

管家的话音刚落，贞德就出现在了房间门口。这女孩的年纪很轻，不过十七八岁。她眉清目秀，眼光坚毅，一看到桌子对面的罗伯特，她的双眼中就射出灼灼的光芒。显然，她早就盼着这一刻了。

贞德（屈膝行礼）：上尉老爷，您好！终于见到您了，我感到非常荣幸。不知道您有没有准备好我需要的东西？一匹马、一身军装和一套盔甲、几名忠实的士兵，这就是我需要的。根据上帝的旨意，请您将我送到王太子身边。

罗伯特（发火）：告诉你吧，没人理会你那些莫名其妙的要求，除非国王给我下旨！是的，你面对的是了不起的包椎古尔上尉，除了国王以外，谁的命令我都不听！

贞德：就算是这样，您也应该满足我的需求，老爷。就算是国王，也要听从上帝的安排。

罗伯特：这愚蠢的姑娘，你听不懂我说的话，是不是？哼，我知道什么最适合你，那就是你父亲的鞭子！

贞德：您应当明白，这个世界并不是跟随您的意愿而变化的，老爷。您不想看见我，可是您不得不召见我。

管家：您就照她说的做吧，老爷！您是辩不过她的。

罗伯特：噢，住嘴！

贞德：现在，我们还是来聊聊我想要的东西吧，老爷。在这之中，马儿大概是最贵的，您得准备十六法郎；但军装和盔甲不必费太多心思，普通士兵穿的那种就足够了，对我来说，合身是最重要的；我希

望您能给我三个士兵,我会带着他们找到王太子,解决奥尔良的麻烦。

罗伯特（震惊）：解决奥尔良的麻烦——就凭你？

贞德：这没什么奇怪的，老爷，我已经和士兵们聊过了，有三个士兵主动提出要跟我一起走，波利、杰克，还有——

罗伯特：你怎么能叫他波利？你这个不知天高地厚的蠢丫头！你应当称呼他为伯特兰·德·波伦日老爷！

贞德：可是其他人都叫他波利，他说，我也可以这么叫。

罗伯特：你也不应当对杰克直呼其名，你应当规规矩矩地叫约翰·梅兹先生！

贞德：正因如此，我才说他们心肠好呢。有好几位乡绅老爷都愿意跟我前往前线，解决奥尔良的危机。约翰·高绥甫先生、迪克先生、昂纳古尔的约翰和朱利安先生都是这样。

罗伯特：什……什么？老天爷，我一定是疯了……

贞德（微笑）：您并没有疯，老爷，您会健康长寿的。圣凯瑟琳和圣玛格丽特和我聊天的时候告诉过我，您死后会升入天堂，她们和我永远都不会忘记您的功绩。

罗伯特（看了看贞德，又看了看管家，沉吟）：让我想想，嗯，有关波伦日和梅兹的事情，都不是她胡说八道？

管家：当然不是了，老爷！

罗伯特（走到窗前，高声）：喂，士兵们！你们将波伦日先生请来，我有几句话要当面对他说。至于你，姑娘，先出去吧。等我改变想法的时候，会告诉你的。

贞德：好的，老爷。（走出房间）

罗伯特：管家，我要你跟在这姑娘身后，瞧瞧她要做什么，回来后要一五一十地向我禀报。好了，快去吧！

管家匆匆忙忙地退出了房间，差点儿撞到了伯特兰·德·波伦日先生。这位先生今年三十六岁，曾经在法国宪兵司令部当值。他是个沉默寡言的人，非要深思熟虑之后才愿意开口说话。在这一点上，急脾气的罗伯特远远比不上他。管家向他鞠了一躬，转身离开了。

罗伯特：来吧，波利，我想跟你聊聊天。我要跟你谈谈那位姑娘，你一定知道我说的是谁，对不对？

波伦日走进房间，坐在了罗伯特对面的四脚凳上。

罗伯特：我想你肯定能瞧得出来，这是个喜欢胡言乱语的疯姑娘。当然，对我们来说，这件事无关紧要。但我必须提醒你，她出身于一个中产阶级家庭，她父亲的朋友很多，在当地小有名气，你明白吗？这种人往往会给当权者添麻烦！对你而言，跟她走一趟算不得什么，但是万一出事，就要靠我解决啊！听我的劝吧，朋友，你还是离她远点儿！

波伦日（沉吟片刻，平静开口）：就算我是个恶人，在她面前，我也总能克制住自己的邪念。在士兵们当中，有些人总是满嘴脏话，做事下三烂，可是他们在面对这个女孩时，却一点儿邪念都生不出来。从这点上看，或许她确实有点儿来头。

罗伯特：你到底在想什么啊，波利！你、杰克和迪克都昏了头！清醒点儿吧，我的朋友！

波伦日：清醒？假如你知道什么是清醒，你就应该早早加入勃艮第公爵和英国王室的队伍！如果任由事态发展下去，半个法国都要丢掉了，到了那个时候，你这座城堡也会成为贝德福德公爵的囊中之物。王太子现在畏畏缩缩，不敢迎战，更何况他的血统也是一大问题，连他母亲都不承认他，我们还能怎么办呢？我必须明明白白地告诉你，朋友，一切都完了，除非出现奇迹，没人能救得了我们。

罗伯特：谁见过真正的奇迹呢！这么说来，我们已经走到绝路上了？

波伦日：我没办法回答你这个问题，我只能说，这姑娘是我们最后的希望。或许是死马当活马医了，我们必须试试看。

罗伯特：你说的是真的？天哪，波利，我不知道该怎么说……你认为我们真的可以给她一匹马？

波伦日：有什么不可以？我来支付马匹的费用。听完她说的话，我重新燃起了信心，我愿意相信她。

罗伯特：疯了，疯了！她疯了，你也是一样。

波伦日：我已经下定决心了，我要照她说的话做，你想要阻止我吗？

罗伯特：这我没办法回答，你这样做就是在让我担责，我可不知道该怎么办。（他犹豫片刻，想起了贞德。）要不，我叫那个女孩过来？我们再和她谈一次？

波伦日：那就这么办吧。（走到门边）贞德！贞德！

贞德（声音从门外传来）：你们谈好了吗，波利？

波伦日：是的，现在我们想跟你谈谈。（波伦日回到了他的座位上，罗伯特则在屋子里走来走去，想要在贞德面前耍威风。贞德轻快地走了进来，面带微笑。）

贞德：杰克告诉我，他也愿意帮我支付一部分马匹的费用。

罗伯特：是吗？嗯，嗯……这个之后再谈。告诉我，女孩，你的名字是什么？

贞德：不同的人叫我不同的名字，先生。以前的朋友们叫我詹妮，法国人往往喊我贞德，士兵们会叫我“少女”。

罗伯特：你的姓氏呢？

贞德：或许是“达克”吧，我父亲这样说。可这种东西无关紧要，您知道，我父亲那个人——

罗伯特：我知道，你们生活在洛林区的栋列米村。告诉我，你多大年纪？

贞德：十七岁，或者十九岁，我自己也说不清。

罗伯特：你之前提到了圣凯瑟琳和圣玛格丽特会和你聊天，这是怎么一回事？

贞德：这一点我不能说。她们不允许我说，况且，您也无法听懂我心底里的声音。

罗伯特：你之前说，你有办法解决奥尔良之围？

贞德：没错，上帝传达旨意给我，他让我去给王太子加冕。

罗伯特：加……加冕？

贞德：是的，我们还要将英国入侵者从这片土地上赶出去，就是这样，老爷。

罗伯特：你以为我们在谈论的是什么事，女孩？牧牛牧羊吗？不，我们谈论的是战争！你见过战争是什么样的吗？

贞德：我知道战争是怎么一回事，不同国家的人互相伤害，这是我们绝不愿意看到的。因此，我们必须让这一切停下来。

罗伯特：这完全不是一回事。你应该知道，士兵听命于统治者。统治者是谁？对于士兵们来说，不论统治者是勃艮第公爵、英国国王还是法国国王，对他们来说，其实都没什么区别！

贞德：也许是这样，罗伯特。

罗伯特：什么？等等！谁允许你直呼我的名字？

贞德：这就是你唯一的名字，罗伯特。你的姓氏是属于你父辈的。让我来对你说说我的经历吧，我曾经在栋列米亲眼见过受伤的英国士兵，他们可真是奄奄一息。如果他们没有选择侵犯别人的领土，他们原本不必忍受这样的命运。

罗伯特：你说得有几分道理，但战争并非是随口说说就能解决的事情。别说你只有一个人，就算有十万个你这样的小女孩，也无济于事。

贞德：只需要十个像我这样的女孩，我向你保证。（她的声音渐渐高了起来。）我们的军队总是打败仗，这是为什么？还不是因为士兵畏惧生命的终结？我之所以要前往前线，就是为了告诉士兵们，我们打仗是为了实现上帝的旨意。瞧着吧，先生，那一天一定会到来的。到了那个时候，我们的国土上不会出现一个英国士兵！

罗伯特（看向波伦日）：我明白你的意思了，波利。尽管我依然认为她所说的都是胡话，但是，也许有人会信她这一套……让她上前线吧，也许会有点儿帮助？

波伦日：我也是这么想。

罗伯特（看向贞德）：那么，听我说，女孩。我会将你送去前线的，你要的东西我也会替你准备好。

贞德：老爷！太谢谢您了！您不愧是位厉害的智者！来吧，我们这就走，波利！（贞德冲出了房间。）

罗伯特（紧紧握住了波伦日的手）：我会祝福你的，朋友，但愿我们的选择没有错。

波伦日：但愿如此。

波伦日也离开了房间，罗伯特依然紧皱着眉头，在房间里来回踱步。就在这个时候，管家一头冲了进来。

管家：老爷！

罗伯特：什么情况，又出了什么事？

管家：这次是好消息，老爷！我们的母鸡都开始下蛋了，您瞧瞧——整整五打鸡蛋！

罗伯特（脸色一下子变得苍白，嘴唇哆嗦着，喃喃自语）：我的天哪、我的天哪……她真的是上帝派来的。

第二场

都兰，希农。

1429 年 3 月 8 日，下午时分，两个人正在城堡的前厅里踱步。一位是大主教兰斯，他五十多岁了，在政坛沉浮多年，尽管他在宗教领域地位很高，但他实在不是一个虔诚的宗教信仰者；另一位是宫廷侍卫长德·拉·特雷木，他是个坏脾气的家伙，嗜酒如命。他们之所以等在这里，是为了面见王太子，他们已经等得太久了，侍卫长忍不住抱怨起来。

侍卫长：他到底在玩什么花样？我们都已经等这么久了。主教先生，我真想不明白，你一点儿都不觉得不耐烦吗？

大主教：对我来说，这是生活的常态，我总是在和不同的人交谈，我必须克制住自己。不管那些人说了什么蠢话，做了什么蠢事，我都必须保持耐心。更何况，我们应该对王太子有更多的耐心。

侍卫长：王太子？我呸！请您原谅我，我实在是忍不住，他欠了我一大笔钱！

大主教：他也欠了我的钱。我想，你受的损失一定更重。

侍卫长：没错，多得惊人，整整两万七千法郎啊！

大主教：他看起来可不像是刚刚借到了这么多钱，我是说，他还是穿着破破烂烂的衣服。（这时，一名侍童走到他们面前。）啊，看来我们终于能见到陛下了。

侍童：请原谅，陛下还没有到，是赖伊先生来了，他和拉·海亚上尉同行。

吉勒斯·德·赖伊向着他们走了过来。这个年轻人大约只有二十五岁，衣冠整洁，浑身上下最显眼的就是那一撮自己染的蓝胡子。他试图成为一个活泼风趣的人，却找不到正确的路子。十一年之后，他将被指控对教会不敬，最终被施以绞刑。不过现在，赖伊先生还没有被绞刑阴郁的气息所笼罩，他面带微笑，径直走向了大主教。

蓝胡子：您好，大主教！您好，爵爷！你们是否听说了拉·海亚的事情？

侍卫长：他又不知好歹地乱说话了，是吗？

蓝胡子：不，不，他最近改变了。我听说前段时间，有个士兵提醒臭嘴弗兰克再也不要乱骂人了，否则就会遭受厄运，弗兰克却压根儿没有放在心上。结果你们猜怎么着？弗兰克失足摔进井里了！拉·海亚简直被吓破了胆子！

拉·海亚上尉走了进来。他是个五大三粗的兵痞，举止完全不遵守礼仪规范。

蓝胡子：嘿，你来了！怎么样，还觉得心烦意乱吗？

拉·海亚（走向大主教和侍卫长）：你们根本没有意识到这件事情的严重程度，我必须得告诉你们，很多人都说那个士兵有预知未来的能力，一点儿没错！

大主教、侍卫长：预知未来？

拉·海亚：是的，就是预知未来！那是个姑娘，来自香槟省，身边只有六个人跟着。这一路上危机四伏，他们穿越了勃艮第人、英国士兵和土匪占领的地区，可是他们居然毫发无伤！我必须得说，这不可思议！她身边的一个人——波伦日——跟我见过几面，他斩钉截铁地告诉我，那姑娘就是有预知未来的能力！如果我再不收敛一点儿，就该和弗兰克一个下场了！

大主教：听听，真是有成效啊，上尉！（蓝胡子和侍卫长不约而同地笑了起来。这时，侍童走上前来。）

侍童：陛下到！

在场众人不再谈笑，而是站直了身子迎接王太子的到来。实际上，老国王去世后，王太子已经可以被称为国王查理七世了。不过，由于他尚未加冕，大家还是习惯称呼他为王太子。他的容貌相当平庸，双眼细长，鼻子塌陷，嘴唇极厚，五官在面容上挤挤挨挨的，总是露出一副愚蠢沮丧的神情来。但是此时此刻，他看起来容光焕发，举着手中的一份文件，兴冲冲地走向了大主教。

查理：罗伯特·德·包椎古尔给我送来了一些东西，大主教！

大主教：我没空关心您找的新乐子，陛下。

侍卫长：让我看看，是什么东西？

查理：这跟你没有关系。

侍卫长：哦，得了吧，我必须了解沃库勒尔驻军的动向！（他一把夺过了王太子手中的那份文件，眯着眼睛仔细看了起来。）

查理：你们凭什么这样对我？别忘了，我是皇室的一员。

大主教：这一点还是很值得怀疑的，因为您实在不像您的祖父，陛下。现在冷静一点儿吧，别乱发脾气了。

查理：你以为你有多么了不起吗，大主教？你连上帝和天使的面都没有见过呢！

侍卫长：真是让我忍无可忍，别吵了！（挥起拳头）否则我就让你好看！

查理（一侧身，藏在了大主教身后）：你不能这么做！

大主教：都别闹了，侍卫长大人，陛下！

侍卫长（将手里的文件递给大主教）：你瞧瞧这是什么，大主教。我被他气得眼睛发花，什么都看不清了。

大主教（仔细阅读）：真是让人想不到，德·包椎古尔将一个小丫头送到了前线？

查理：她根本不是什么小丫头！她是一位天使、圣徒！她是来找我的，我要见见她！

蓝胡子：啊，你太轻浮了，陛下！你为什么不向你的祖父学一学？

查理：你比我更了解我的祖父吗，蓝胡子？让我告诉你吧，我父亲和祖父都曾经得到过圣女的眷顾！

大主教：您认为她是圣女吗？一位圣女怎么可能穿着士兵的盔甲跑来跑去？听着，我决不允许——

拉·海亚：等等！穿着士兵的盔甲？看在大家的分儿上——不，原谅我，看在陛下的分儿上，这就是我刚才说的那个圣女，绝对是她！如果我们对她不敬，我们都会完蛋！

蓝胡子：依我看，我们可以想个办法考考她。如果她是一位真正的圣女，她一定能从我们之中分辨出真正的陛下，对吗？

大主教：这完全是浪费时间。我们压根儿没必要见她。

查理：再读一读这封信吧，大主教先生！德·包椎古尔说，她能够解决我们眼下的麻烦！

侍卫长：就凭她？她能解决奥尔良的困境？呸！她一个小丫头片子，怎么可能理解战争？

蓝胡子：您应该明白，陛下，杰克·杜诺瓦将军比一个乡下姑娘更懂得如何领兵打仗。

查理：可是杜诺瓦对目前的形势束手无策！

拉·海亚：那是因为一阵风。在卢瓦尔河打仗的时候，他需要想办法带士兵渡河，在这种时候，风向就是至关重要的。可是风向不对，因此我们输了。如果这个所谓的圣女真的能够改变风向，那我们见见她也无妨。

大主教（思索）：据德·包椎古尔所说……

拉·海亚：德·包椎古尔是个脑袋空空的家伙，但是，他也曾经带过兵、打过仗。如果这姑娘能说服他，说不准也能说服其他人。

大主教：嗯。那么我们就遵从陛下的意愿，将她带来吧。教会需要设法检验她是不是真正的圣女。

查理：让她分辨一下谁才是王太子，对吗？来吧，蓝胡子，你来装成我的模样！（拉·海亚、查理和蓝胡子陆续走了出去。）

侍卫长：你认为她能通过检验吗，大主教？

大主教：这个检验毫无难度。她只需要听过一点儿关于王太子的传言，就能轻轻松松分辨出谁是他。更何况，赖伊还有一撮引人注目的蓝胡子。这种事情我见得多了，压根儿算不上什么。

侍卫长：真是让人失望，我还以为会看到奇迹呢！

大主教：你知道什么是真正的奇迹吗，朋友？奇迹和坚持紧密相连，一直坚持努力的人就会得到奇迹。

侍卫长：你说得神神道道的，真让我听不懂。

大主教：你虽然不是教会里的人，但你了解军事、外交领域。人们要是得知了真实状况，你觉得他们还会愿意为战争支付费用吗？士兵们还会奋不顾身地抵抗吗？因此，我们必须创造出一个奇迹来，让人们心甘情愿地为此付出。

侍卫长：这，这简直就是赤裸裸的欺骗！

大主教：这算不上欺骗，起码牧师说的都不算，因为他们并无恶意。让我告诉你，接下来会发生什么事吧。那个女孩会轻而易举地认出真正的王太子，所有人都会震惊万分，随即诚心诚意地赞美上帝，这就是一个奇迹。我敢说，就连那女孩自己都不知道发生了什么事。

侍卫长：我真希望自己能够认清你的本质，大主教，你到底是一位虔诚的学者，还是一只老奸巨猾的狐狸？

大主教：这并不是我的本意。要知道，我们处于一个全新的时代，如果我没有担负着这样沉重的责任，我会选择亚里士多德、毕达哥拉斯的那条路，探寻真正的真理，而不是在这里分辨奇迹和欺骗的区别。

侍卫长：毕达哥拉斯？

大主教：他是一位智者，他认为我们生活的地面是圆形的。

侍卫长：真是荒唐！

两人一边说一边走了出去，帷幕闭合，随后再度拉开。查理、蓝胡子、大主教、侍卫长、公爵夫人、众多大臣、卫兵和侍女都出现在这里。蓝胡子假扮国王，公爵夫人假扮王后，所有人都等着瞧热闹。他们七嘴八舌地说着话，没有人注意到侍童走了上来。

侍童：凡多姆……听我说！凡多姆……（他的声音被淹没在声浪中。他不得不夺过身旁士兵的兵器，咚咚地在地上敲着，直到人们都安静下来，他才开口说话。）凡多姆公爵与少女贞德觐见陛下！

查理：嘘，别说话……（他挤在大臣的队伍里，探头探脑地向外看。）

蓝胡子（威严）：让他们上来吧！

贞德被一位贵族带了上来。她身着军装，头发剪得很短，正在匆匆忙忙地左顾右盼，仿佛在寻找着什么。所有的贵族女性都在窃窃私语，她们正在议论着贞德那丑陋的发型。

贞德：这没有什么好笑的，我现在是一名士兵，所以我剪了这样的头发。我是来觐见王太子的，他在哪里？

蓝胡子：到这儿来，女孩。

贞德犹豫地打量着他，在场的所有人都目不转睛地盯着她的反应，贞德眨了眨眼睛，忽然微笑了起来。

贞德：不，你才不是王太子，你是蓝胡子！

所有人都笑了起来，蓝胡子笑得最响。他离开了王座，回到了大臣的队伍里。贞德的目光在人群里扫了几圈，忽然眼睛一亮，她找到了查理。

贞德（冲着查理行礼）：陛下！我之所以来到这里，是为了将英国士兵赶出我们的土地，但愿我能跟随您一同前往兰斯大教堂，为您加冕！

查理（冲着群臣）：你们都看清楚了吧？没错，我有真正的皇室血脉，她能够一眼分辨出来！至于加冕的事，请你和大主教谈谈吧。

贞德：大主教！（她快步走到了大主教面前，恭恭敬敬地跪倒下去。）能够在这里见到您，我深感荣幸！

大主教：你很虔诚，我的孩子。

大臣们窸窸窣窣地议论着，有些人还发出了低低的嘲笑声。大主教沉下了脸。

大主教：我劝你们严肃一些，先生们。对一位信仰虔诚的姑娘发出嘲笑，就是犯了不可饶恕的罪行。

人们不约而同地安静了下来，他们面面相觑，都显得有些紧张。

蓝胡子：请原谅，大主教，我们只是觉得这姑娘——

大主教：你们在嘲笑她的外表，还是在嘲笑她的信仰？如果你们一直执迷不悟，等待着你们的就只有绞刑架了！

蓝胡子：我再次向您道歉，大主教先生。不过对我来说，死亡的威胁算不了什么。人总有归宿，不是吗？我还不如舒舒服服地做我想做的事情呢！

蓝胡子的一番话使得气氛不再僵硬，人们又小声说笑起来。

贞德：这样的态度简直是不可原谅的，蓝胡子！大主教先生，我没办法和这些愚蠢的家伙同处一室，我想和王太子单独说几句话，可以吗？

大主教：暂时离开吧，先生们！

拉·海亚先离开了，群臣也跟着鱼贯而出。当大主教走过贞德身边的时候，她再度跪下行礼，直到大主教离开，她依然一动不动。公爵夫人走上前去，被贞德挡住了。

公爵夫人（冷淡地）：劳驾，请让一让。

贞德（连忙站起，让到一边）：真对不起，夫人。

公爵夫人离开时，贞德一直注视着她的身影，然后小心翼翼地看向了查理。

贞德：她是王后，是吗？

查理：她当然不是，虽然她想成为一位王后。

侍卫长（气急败坏地）：陛下！请您不要这么说我妻子！（侍卫长也离开了，大厅里只剩下了贞德和王太子两个人。）

贞德（轻声）：这个家伙又是谁？

查理：德·拉·特雷木公爵，侍卫长，他想要控制所有的军国大事。

贞德：您就由着他这么做吗？

查理：我能有什么办法呢？我一点儿本事都没有，我不会打仗，也不敢冲他们发脾气。他们都是些粗人，我没办法和他们硬着来。如果能选择，我压根儿就不想成为国王。所以，你别再对我说些什么“身为圣路易的子孙，别辱没祖先的威名”这样的话啦，我就是我们家族一个没出息的子孙，我什么都做不成，我心里清清楚楚。

贞德（眉头紧皱）：这是什么话？您就这样缴械投降了吗？民众选择让您成为国王，您就应该担负起自己的责任！我会帮您的，试试看吧！我会带您坐上属于您的王位！

查理：就算我坐上了王位，也得不到相应的权力，我知道这一点。（他走到王座前坐了下来，愁眉苦脸。）这就是我，一个窝囊的国王，你一定感到失望极了。

贞德：我并没有感到失望，因为您还没有加冕呢，年轻人。您只是被您身边的小人带偏了方向，但我会帮助您的，我会让您听到百姓的声音。说起来，您的装束也不像是一位国王，这是为什么？

查理：我们没有什么钱，仅有的钱都拿去给王后置办新衣裳了。我觉得这不是什么大事，我长得不好看，用不着穿漂亮衣裳。我还有许多更重要的事情要做呢。我要仔细考虑有关战争的事，我要准备一份绝佳的条约，让英国人吃个大亏。尽管他们打仗的本事不错，可他们都没有头脑。

贞德：订立条约是胜者的权力，查理，如果我们输了战争，准备再好的条约也没用。打起精神来！现在，我们需要双手合十，向上帝祈祷。

查理：唉……（他走下王座，垂头丧气）我不觉得这有什么用，况且，我一点儿都不喜欢做祷告。

贞德：您不明白到底怎么做祷告，傻孩子，我会告诉您的。

查理：别把我当小孩子看！你要知道，我已经成年了！

贞德：我当然知道，您还有一个儿子，是不是？就算是为了下一代，您也应当积极迎战。

查理：我不愿意为他做任何事情，那是一个招人厌的小孩子，我也压根儿不愿意做一个父亲，我只是想要简简单单地活着。说真的，我的生活跟你有什么关系呢？你为什么要来管我呢？

贞德（鄙夷地）：您以为我愿意来干预您的生活吗？我所做的一切事情，都只是在遵从上帝的旨意。上帝想让您成为一个国王，因此安排我来帮助您，而上帝的旨意，不管是您还是我都必须遵从！

查理：你能够帮助我成为一名真正的国王？我身上一分钱都没有，我甚至还欠着大主教和蓝胡子的钱，你见过这样的国王吗？

贞德（耐心地）：我只知道一件事，那就是：您是这个国家的合法统治者，查理。我们的国土神圣不可侵犯。英国人入侵了我们的国家，他们必须为此付出代价。以上帝的名义发誓，我保证您能做到这一切！

查理：好，好！既然你这么说，那我就试一试！（他冲到门口，大声呼喊着他的臣子们。）喂！都进来！（查理回到了他的王座上，大臣们慢吞吞地回到大厅里，重新列队站好。他们仍然在窸窸窣窣地交谈着，饶有兴趣地打量着查理和贞德。侍童不得不再一次敲击士兵的兵器，人们这才慢慢安静下来。）

查理：我要向大家宣布一件事——从现在开始，我将军国大事的裁决权交给了这位姑娘。现在，所有的人都应该听从她的指令！（走下高台）

在场的人都愣住了，只有拉·海亚感到欣喜若狂，他大声叫好。

侍卫长：你到底在说什么啊？（逼近查理，恶狠狠地）你难道不知道，只有我才能处理军队的事务吗？

查理被吓慌了，本能地想要往后退，但是贞德就站在他身后，她一把拉住了查理，不让他逃避。查理看着侍卫长那凶神恶煞的面容，情急之下，他做出了一个平时无法想象的举动——他伸出手，在侍卫长面前打了个响指。贞德意识到，这就是她一直在等的关键时机。她猛地抽出了自己的佩剑，将剑尖指向上空。

贞德：迎战！以上帝的名义，以少女的名义！我们要冲到奥尔良，我们要迎战！

拉·海亚（神情狂热，紧跟着拔出了宝剑）：迎战！以上帝的名义，以少女的名义！

所有士兵（不约而同拔出了佩剑，齐声高呼）：迎战！迎战！

贞德站在所有人的前方，容光焕发，大主教低声祈福，所有人都跟着祈福起来。只有侍卫长德·拉·特雷木蜷缩在角落里，他满脸怨恨，正在不停地咕哝着什么。

第三场

1429年3月29日，奥尔良。

时近夜晚，杜诺瓦将军正在卢瓦尔河南岸来回踱步。他身材壮实，面容棱角分明，一看就知道是个有决断能力的男人。尽管他只有二十六岁，却已经经历过大风大浪了。他身边竖着一根长矛，矛尖挂着一面小旗，正在东风中猎猎作响。杜诺瓦的侍童坐在不远处，盯着水面发呆。主仆二人似乎都在等待着什么。

杜诺瓦（扫了一眼长矛顶端的小旗，咕哝着）：刮西风！西风啊，西风，你这反复无常的风，你这善变的风，你这不羁的风，你这不顺从的风，你这不稳定的风，你这水域上的变幻之风，你是否还会再次吹起？我甘愿付出任何代价，只要能将风向改成西风！怎么办，怎么办……到底什么时候才能改改风向？快点儿来啊，我在等着你呢！

侍童（猛地跳起来）：来了！我看见了！

杜诺瓦（如梦初醒，眼睛一亮）：她来了吗？那个少女？她在哪儿？

侍童：它在那儿，您瞧！多漂亮的一只翠鸟啊！

杜诺瓦（失望）：你明知道我等的不是翠鸟，我在等一个少女，你却在这里跟我捣乱，你这个可恨的小兔崽子！

侍童（笑了起来，显然并不害怕杜诺瓦将军）：您不喜欢吗？这可爱的小家伙简直像是一阵蓝色的风！（侍童回到草地上坐下，杜诺瓦再次踱起步来。）

杜诺瓦：看在蓝色翠鸟的分儿上，到底什么时候才能改一改风向？我所求的并不多，只有风，西风……

这时，西边传来了哨兵的质问声。

哨兵的声音：你是谁？

贞德的声音：贞德。

杜诺瓦：少女贞德！快来，到这儿来，我一直在等着你！

贞德身穿戎装，向着杜诺瓦快步走了过去。不知道什么时候，风停了，长矛矛尖上的三角旗垂了下来。杜诺瓦注视着贞德，并没有察觉到这一点。

贞德：我要找奥尔良公爵的庶子，就是你吗？

杜诺瓦：你看看我的军装和盾牌就知道了。你是少女贞德？

贞德：是我。我原本应该更早到达这里，但是军队给我带错了路。现在请你快告诉我，我们怎么去河对岸打仗？

杜诺瓦：他们给你带错路是我的意思。不过，我和那些经验老到的参谋都认为，渡河到对面去打仗可并不容易。

贞德（暴躁地）：如果你不愿意改变想法，就说明你和你的参谋都是无用之人！事情发生变化了，不是吗？我来帮助你了！

杜诺瓦（打量她一眼，忍不住笑了）：你来帮助我，战局就会发生变化吗？

贞德：单凭我一个人当然不够，但是你要知道，我有上帝的神谕和护佑！告诉我，我们怎么才能过河？

杜诺瓦：那就跟我来看看吧。（他将贞德带到了水边。）我们只能沿着这座桥过河，河对岸有两座桥头堡，你看到了吗？那个地方易守难攻，上百个英国士兵牢牢地守在那里，如果攻不下桥头堡，我们就没办法做下一步计划。

贞德：以民众为证，这两座桥头堡所在的土地是属于我们的，我们必须攻下来。

杜诺瓦：你要带头这么做？

贞德：大家会跟在我的身后。

杜诺瓦：不，你的身后空无一人。

贞德：即使是这样，我也不会回头。

杜诺瓦：哈！我喜欢你的回答，我欣赏你，姑娘，你已经是一名合格的战士了。

贞德：什么？我以为我是属于传播知识的学者，大主教这么说。

杜诺瓦：可是战争的确让人着迷，是不是？我无法抛弃自己的家庭，但我也无法抛弃战争！

贞德：我不懂得你说的是怎么一回事，因为我永远不会结婚，永远不会组建家庭。我根本不愿意像其他姑娘一样，幻想自己未来的爱

人、婚姻和孩子。我有更多重要的事情需要考虑，比如战斗，比如拼杀。这根本不是动动嘴皮子就能解决的事情，我们得学着使用大炮。

杜诺瓦：说得容易，使用大炮可不简单！

贞德：这我知道，伙计，但是我们要攻下桥头堡，不是吗？

杜诺瓦（模仿着她的口吻，显然很喜欢她）：当然，当然，丫头，但我敢说，只要准备好了一份坚定的信念和一架梯子，我们或许就可以翻越那道城墙。

贞德：如果我选择带头攻城，你会跟着我吗？

杜诺瓦：你不应当向一名统帅提出这样的问题，贞德。我必须顾全大局，而不能头脑一热、盲目拼命。如果鲁莽可以解决问题，我手下鲁莽的士兵可多着呢！

贞德：我并不鲁莽，我所做的一切都遵从了上帝的意愿。你看到我这把剑了吗？这是大家赐予我的圣剑，我是在圣凯瑟琳大教堂的祭坛中得到它的，是上帝为我把剑藏在那里的。或许这并不是一把上阵杀敌的剑，但是它代表着上帝的眷顾，能够赐予我勇气。我必须上前线，因为只有这样才能带领人们前进。在我心中，并没有愤怒的火焰，只有勇气正如洪水般汹涌。我将以坚定的信念引领士兵，而士兵也将紧随我的脚步。这是我能提供的唯一帮助。我深知这是我必须履行的使命，无论遇到何种挑战，我都将勇往直前。你无法阻挡我，因为我的决心如同钢铁般坚定，我的意志不可动摇。我们将共同迈向胜利，不畏惧任何困难。

杜诺瓦：一味地用蛮力是行不通的，让我想一想，或许我们可以走水路，让他们意想不到。

贞德：那我们做一些木筏，然后将大炮放上去，怎么样？

杜诺瓦：我正是这么想的。但是现在还不行，我们需要等待合适的时机。

贞德：看在上帝的分儿上，局势已经迫在眉睫了！

杜诺瓦：既然如此，那就请老天爷为我们带来一阵西风吧。如果没有西风，我们的船没办法逆流而上，给英国佬致命一击。来吧，我这就将你送到教堂去。

贞德：看来也只能这样了。好吧，我会去查询古籍的，也许古籍中会有我们想要的答案……

杜诺瓦和贞德一前一后地离去了，侍童跟在他们的身后，拔起地上的长矛，准备跟着走出去。忽然，侍童注意到了矛尖上的旗帜正在向东飘动。

侍童：噢，天哪！老爷！杜诺瓦老爷！贞德小姐！

杜诺瓦（再次出现）：发生了什么事？

贞德（再次出现）：怎么了？

侍童（指着矛尖的旗）：您看，您看！老爷，小姐！风向变了！

杜诺瓦：西风、西风……（跪倒在地，呢喃着，不知道在说些什么，随后双手捧起指挥杖，递给了贞德）这就是上帝的意愿，我完全相信了。请你来指挥我们作战吧！

侍童（跑向河边，眺望水面）：看哪，老爷！我们的队伍已经出发了！

杜诺瓦（站起）：我愿意跟在你的身后，共同攻打桥头堡，你会选择带头攻城吗，贞德？

贞德（落泪，紧紧地拥抱着杜诺瓦）：杜诺瓦、杜诺瓦！请你跟我共同作战吧，怀着坚定的信念，爬上那架攻城的梯子！

杜诺瓦：终于到了使用大炮的时候了，上吧！

贞德：上吧！

杜诺瓦（紧紧地拉住贞德，冲向台下）：以上帝的名义，以圣丹尼斯的名义，冲啊！

侍童（紧随其后，高声）：以上帝的名义！以少女的名义！冲啊！

第四场

英军营地。

一个矮矮胖胖的神父正在桌前埋头书写着什么。桌子对面，一位趾高气扬的贵族正坐在那里翻阅《定时祷告书》。这位贵族一副漫不经心的样子，神父明显有些不高兴。

贵族：这本书真是精致，是不是？你瞧瞧这印刷，瞧瞧这装帧，瞧瞧这插图！实在是太漂亮了。这简直不应当被看作一本书，而应当被看成一件艺术品！我说，你别再写了！你写的那些账本有什么价值呢？没人会关注培根和麦麸的价格！

神父：事实上，确实有比培根和麦麸更重要的东西，那就是我们的处境，老爷。

贵族（懒洋洋地）：有什么需要我知道的吗？

神父：当然有！也许您没有注意到，但是，我们这场仗打输了！

贵族：那又有什么关系？根本没有人是常胜将军，你应该知道。

神父：这已经不是第一次了！我们第一次打败仗，是在奥尔良……

贵族：哼！奥尔良！

神父：您坚持认为奥尔良败仗跟我们之前的错误决策有关系，是吗？可是最近这段时间，我们一直在吃败仗。雅尔若、默恩、博让西……类似的事情发生了一次又一次，可是我们毫无办法！（扔下笔）我们必须做点儿什么了，老爷！

贵族：你对土地有这么深的依恋吗？

神父：您认为我是个没见识的农民，是吗？不管您怎么想，我都要说，是的，我对土地怀有感情，正如我对祖国怀有深深的感情！如果局势始终这么糟糕，我宁愿丢下《圣经》，拿起武器，上前线！

贵族（无所谓地笑了起来）：你想做什么都行，神父。可是现在，你最好还是留在这儿。你以为我拿那个女巫毫无办法吗？不，我好歹也是让家族和神父最引以为豪的人，不会败给一个乡下来的女巫。我之所以慎重行事，是因为我必须提防奥尔良公爵的那个儿子杜诺瓦。我们只需要等待一个反击的好机会，就能将那个女巫赶走，将杜诺瓦也赶走！

神父：您要怎么做呢？您根本没办法抓到那个女巫。

贵族：并不是只有战争才能主宰一切，朋友。我有着数不尽的财富，我可以花一大笔钱买到她的项上人头。

侍童走上前来。

侍童：博韦主教——古雄大人来了，老爷。

古雄走上前来，侍童退开。神父和贵族不约而同地站了起来。

贵族（毕恭毕敬地）：大主教先生！能在这里见到您真是万分荣幸！您还不认识我吧？我是理查德·德·博尚，沃里克伯爵。

古雄：很高兴能够见到您，爵爷。

沃里克：还有这位朋友，一位神父，约翰·德·斯托甘巴先生。

神父：我是一名神学学士，大人，我是温彻斯特红衣大主教的掌玺官。

古雄：我和红衣大主教颇有交情，斯托甘巴神父。（他们彼此致意，神父躬身吻了吻古雄手上的指环。几个人各自落座。）

沃里克：让我们来谈谈最近的情况吧，主教大人。您一定已经听说了，查理要在兰斯大教堂举行加冕仪式，主持仪式的是一个乡野出身的小丫头。遗憾的是，我们只能坐视这件事发生。而这件事会让查理的地位就此改变，对吗？

古雄：确实如此。我以前没有想到，一个小姑娘会有这么大的本事。

沃里克：不瞒您说，我这位朋友坚持认为，她并不是一个普普通通的小姑娘，而是会蛊惑人心的女巫。请您告诉我，教区裁判所会怎样对待这种人呢？

古雄：刑罚。如果我在教区碰到了这样的事情，我就会将她逐出教区。但是，我们还需要考虑法国法庭的意见。

沃里克：是天主教法庭。

古雄：从本质上来说，民主法庭和别的法庭并没有什么不同，他们应当注意到当前的局势。法国人打了胜仗，英国人吃了败仗，这种事情真是匪夷所思。法国军队有超自然力量助阵，铁定是这样，否则完全解释不通。

神父：可不是吗？那可是骁勇善战的塔尔博特爵士啊！怎么可能打不过一个名不见经传的小丫头？

古雄：准确来说，塔尔博特爵士的对手并不只有那个姑娘，还有杜诺瓦。

神父（不屑地）：哦，得了吧，杜诺瓦！奥尔良公爵的一个庶子而已！

古雄：杜诺瓦曾经在蒙塔日打过胜仗，不是吗？从这一点来说，也许他是有几分真本事的。

沃里克：您说得对，大主教先生。塔尔博特只知道逞凶斗狠，完全没有军事头脑。他落得这样的下场，都是他咎由自取！

神父：不，不是这样的，爵爷！就算再有军事头脑的人，也敌不过女巫的诡计多端！在奥尔良战役中，有人亲眼看到那女人被射伤了，伤在要害，换了别人肯定没命了，可她呢？她好像没有受到一点儿影响，继续打仗！当法国人点燃那座桥的时候，是怎样一种场面啊！火焰熊熊，我们的士兵在火海里惨叫，许多人都跳进河里没了！您能相信吗，这是一场战争？不，不，这太奇怪了，这肯定是她施行的巫术！

沃里克：约翰神父也许说得有些夸张，但是我们应当理解他的心情。我们都很熟悉杜诺瓦将军，在此之前，他可没有这么出色的军事才能。

古雄：嗯，这姑娘大概是有些与众不同的本事。我猜测，让我们吃败仗并不是他们的目标，他们想做的事情比这可怕得多。他们想要将我们搞垮，想要摧毁我们的民主秩序，明白吗？那姑娘不是简单的女巫，而是个异教徒！

沃里克：您说得对，大主教先生。我们应当将她送进地狱，对吗？

古雄：我不能同意你的提议，我们应当感化她，让她得到救赎。

神父：我想插一句话，爵爷。

沃里克：在你说话的时候，请你尽量克制自己的情绪，约翰神父。

神父：我实在是不明白你们所说的话。在我看来，这个姑娘装出一副很虔诚的样子，每天不停地祈祷，这样的人，若是被说成是异教徒，怕是有些难以服众吧。

古雄（勃然大怒）：她！她已经比教皇还要狂妄了！你不明白她在做什么吗？就用加冕这件事来说吧，是她决定在兰斯大教堂给查理加冕的，明白吗？在她面前，教会根本说不上话！你知道她写给英国国王的信里是怎么说的吗？她要求英国人立即退兵，否则就会受到上帝的惩罚。她以为自己是谁？她完全没有将教会放在眼里，她只提到了上帝和她自己！她试图以上帝的名义搅乱这个世界！如果人们相信她，往后就用不着向上帝祈祷了，只需要向少女贞德祈祷就够了！想想看，那会是一个怎样的世界？所有的规则都被粉碎，所有的制度都被推翻，人和动物没有两样，想到那一幕，我就觉得浑身发冷！这姑娘的罪行是不可宽恕的！

沃里克（漠然地）：你想得可真不少，嗯？

古雄：你怎么想？

沃里克：我想，除了维护教会的地位，我们还应当维护贵族的合法利益，不是吗？少女贞德对社会产生的危害不只您刚才所说的那些，还有更多！老实说，我并不认为她有能力撼动教会，凭她一个人，还差得远呢。但是在精神层面，她冲击的不仅仅是我们的制度。

古雄：怎么，她还会对你们造成其他影响吗？

沃里克：她认为王国的真正统治者不是国王，而是上帝，国王只是暂时替代上帝处理事务，是吗？

古雄：这是我们从古籍中学到的知识，爵爷。

沃里克：不，她所说的并不是古籍中的知识，她只是用古籍中的知识作为掩饰！她想要改变这个国家的根本制度！在她看来，王国的统治者只需要国王一个人就够了，我们这些贵族都不应该插手！瞧瞧，如果贵族失去了原有的权力，贵族还叫什么贵族呢？我们简直就跟卑微的奴隶差不多了！身为贵族，我们有属于自己的封号，拥有属于自己的领土，可是这姑娘却说，所有的领土都是属于国王的！国王将土地奉献给上帝，上帝再将土地赐予国王，这一切跟我们贵族有什么关系？

古雄：你何必为了这些问题伤脑筋？选谁为国王，不也是你们贵族决定的吗？无论是英国王室还是法国王室，不都是你们贵族自己选择的吗？

沃里克：也许是这样没错，但是我们必须清楚地知道，国王王座上坐着的人是不断变化的，人民不仅应当服从国王的管理，还应当服从我们这些领主的管理。如果人们只知道国王，不知道领主，那就乱套了！我们会沦为国王的侍臣，我们绝不愿意看到这样的情况！

古雄：我想说的是，国王并非无所不能，爵爷。他需要一些熟悉政务的人来辅佐他，只凭他一个人，是无法治理好整个国家的。

沃里克（眯起眼睛）：想要寻找辅佐政事的人吗？或许主教们能够帮助他，您怎么看？（古雄撇了撇嘴，什么也没有说。）也许主教们乐于看到贵族失势，这样，他们就可以执掌大权了。

古雄：好了，好了，让我们先搁置争议吧，爵爷。我们目前最大的对手是少女贞德，不是吗？我知道，我们两个人的想法永远不会完全一致，因为我们始终处于权力天平的两头，这样的争议是无穷无尽的。但是，我们至少可以联起手来，解决眼前的难题！我想您一定已经发现了，那姑娘对教会和贵族有着同样的态度。她看不起贵族，正如她看不起教会。她所谈到的只有上帝、国王，还有她自己，除此以外，她不在乎任何人！

沃里克：我同意您的看法，大主教。这样又大胆又奇怪的思想真是令人忍无可忍，她是一个“抗议主义者”。

古雄：我会将她的这种看法称为“民族主义”。

神父：我听不懂你们说的这些复杂词语，主教、爵爷。但我知道，这姑娘是个不折不扣的叛徒。她背叛了我们，公然和我们作对；她背叛了国家，竟敢挑战贵族的权威；她背叛了民众，因为她和魔鬼做交易；她甚至背叛了我们这个世界上最基本的自然守则，她不像个姑娘，也不像个士兵，我不知道该怎样定义她！所以我想，我们只有一条路，那就是送她下地狱！

沃里克（站起身）：这么说，我们的想法是完全一致的，这太好了。

古雄（也站起身）：无论如何，我必须尝试拯救这个姑娘，尽自己所能维护教会正义，保证自己的灵魂永远纯洁。

沃里克：是的，是的，我也会试图劝说她的，如果她能够接受我们的建议，那就再好不过了。

神父：不，我要将她送进地狱里！

古雄：保佑你。

第五场

兰斯大教堂。

更衣室旁边的柱子上绘制着一幅耶稣受难图，贞德就跪在这幅画前，喃喃祷告。她身着盛装，仍然打扮成男人的模样。此刻，加冕仪式已经结束了，参加典礼的人们正在陆续离去，杜诺瓦走出更衣室，来到了贞德的身边。

杜诺瓦：贞德！来吧，快起来。你刚才哭得很厉害，又花了很长时间诉说心事，如果再在这里耗下去，你一定会生病的。跟我来吧，其他人都已经离开教堂了。有许多人都想见你一面，我都替你婉拒了，我想，你并不愿意见他们。

贞德：是的，我不想见。让他们去见国王吧。

杜诺瓦：哦，得了吧，你还不知道国王吗？他压根儿应付不了这样的场面，他会把一切都搞砸的。来吧，贞德，不管怎么说，这都比我们在奥尔良桥上打仗的时候要容易，不是吗？

贞德：杜诺瓦，我一定要告诉你，我更喜欢在奥尔良桥上打仗的滋味儿，那才是真正有价值的事情！

杜诺瓦：但是战争总是与伤亡紧密相连，如果可以，还是不要再出现战争了。

贞德：我真不明白我是怎么想的，杰克。你看，我分明只是个普通的女孩子，我会畏惧流血、畏惧伤亡、畏惧战乱，可是等到战乱结束以后，我又不习惯过这样平静祥和的日子！唉，我简直像是个行尸走肉！

杜诺瓦：我明白你的想法，但是你必须习惯这样的生活，我的姑娘。

贞德：我们是朋友，对吗，杰克？我们是忠诚的战友关系。

杜诺瓦：是啊，宫廷中很难找到真心的朋友，你很快就会明白。

贞德：我真是想不明白，杜诺瓦，为什么宫廷里的这些人都看我不顺眼？贵族、教会中人、骑士……他们都是这样，我到底有哪里得罪他们啦？我上前线浴血厮杀，我为他们争取利益，我为查理加冕，维持王国的稳定，使人民过上好日子，他们为什么还这么恨我？

杜诺瓦：唉，我该对你说些什么才好呢，贞德？你知道，这些宫廷中人都是自私的人，这就是他们这样对待你的原因。要知道，在军队里熬资历混日子的老兵永远不会喜欢那些积极进取的年轻人，那些成天玩弄权术的政客也不会喜欢和他们争夺权力的人。至于大主教们，他们坚信只有他们自己才能和上帝沟通。我说了这么多，你明白了吗？如果是我身处于他们的阵营中，也许我也会对你心生反感的。

贞德：你不会这样的，杰克！你现在就是一名贵族，可你依然是我真挚的朋友。算啦，我不会在宫廷里待很久的，只要巴黎的战斗结束，我就会回到我的家乡。

杜诺瓦：只怕这不是一件容易的事情。

贞德：你这是什么意思？

杜诺瓦：按照我原本的计划，巴黎的战斗早就应该打完了。之所以拖了这么久，就是因为那些人另有计划。不管怎么说，你都应该小心一点儿。

贞德：唉，这个世界上的恶意真是让我无法应付，杰克。以前，我以为我的敌人只是英国人和勃艮第党人，我万万没想到，现在法国人也成了我的敌人。除了我心里的那个声音，我无法确信任何东西。正是这个原因，我才独自一人跪在这里祈祷。

杜诺瓦（并没有认真听她说话，微微地皱起了眉头）：别再说了，贞德，你说的这些真是让我身上发毛。这全都是不真实的，你心里应当知道这一点。要不是我和你的感情这样牢固，我简直都要对你心生畏惧了。你可以对其他人说，你是奉上帝的意愿行事，你能够和圣玛格丽特、圣凯瑟琳深入交流，但是你最好别自己把自己骗了。

贞德：你不相信这一切？你觉得我在信口开河？你觉得我是个骗子？

杜诺瓦：贞德，你生气了？

贞德：我当然在生气，你以为你还是个没长大的孩子吗？如果是这样，我就可以哄一哄你。

杜诺瓦：确实，你是个姑娘，姑娘总是擅长哄孩子的。

贞德：我的身份是战士，也只有战士这一个身份。当然，战士也是可以照顾孩子的。

杜诺瓦（笑起来）：你说得一点儿都不错。

这时，查理国王走出更衣室，他已经换下了朝服，蓝胡子和拉·海亚跟在他的身边。贞德一眼看见了国王，立刻闪身藏了起来。

杜诺瓦：陛下！（迎了上去）恭喜您，您终于成为真正的国王陛下了！

查理：我以前根本不知道当国王要吃这么多苦头！我从来没有穿过这么厚重的礼服，戴上王冠以后，我简直连站都站不起来了！大主教的礼服也差不多，直到现在，他都没有换完衣服呢！

杜诺瓦（收起笑容）：如果您曾经穿过盔甲，就不会这么大惊小怪了，陛下。

查理：别再跟我说这些啦，杜诺瓦，你明知道我是不会行军打仗那一套的。你有没有看到贞德？

贞德（闻声走了出来，向着国王行礼）：我在这里，国王陛下。我要向您辞行，您已经成为一位真正的国王，我不能再为您做更多事情了，请您允许我离开王宫。

查理（愣了愣，随后露出笑容）：你已经决定了吗，贞德？好吧，那么我同意你的请求。

贞德皱起眉头，露出了失望难过的神色。

查理：回到你乡下的农庄里去吧，贞德，那里的空气很新鲜，不是吗？

杜诺瓦：不仅空气新鲜，还无聊透顶呢。

蓝胡子：重新穿上村姑的衣服，你肯定会发现那些布料都糟糕极了。

拉·海亚：更痛苦的是，你会发现你怀念这里的生活，你怀念和士兵们一起打仗的经历。

查理：你真的决定要离开了吗，贞德？再想一想吧。

贞德：别再说了，您不愿意再看到我，我明白这一点。（她不再多看查理一眼，而是走向了杜诺瓦和拉·海亚。）

拉·海亚：等你离开以后，我就用不着克制自己说脏话的欲望了。可是说老实话，我还是喜欢跟你待在一块儿。

贞德：你是个粗鲁的家伙，拉·海亚，说脏话可不是什么好习惯。但是我知道，民众依然会信任你。你知道吗，我曾经有一条忠诚的牧羊犬朋友，它的名字叫比都，我亲眼见过它是如何咬住一头恶狼的。你也是如此，拉·海亚，你会咬伤每一头来自英国的恶狼，我相信。

拉·海亚：留下来吧，贞德。

贞德：不行，我只有一年的时间。

杜诺瓦：为什么这么说？

贞德：事情就是这样，杰克。你会赢得这场战争最终的胜利，你会守护我们的国土，对吗？

杜诺瓦：当然了！我已经摸透了这些英国佬的为人，我们打了好几次胜仗了，你知道的！接下来，我们还会继续高歌猛进！

贞德：既然是这样，杰克，你能不能夺回巴黎？就在最近这段时间，就在我回到乡下之前？

查理：什么？不，不，不！不要再打仗了，杜诺瓦！谁也不知道接下来的战役是胜还是败，我们没办法知道！现在，我已经安安稳稳地加冕了，我们应该去谈判桌边跟勃艮第公爵好好谈一谈，订立一份条约。

贞德：怎么能这样？一份条约？

查理：是啊，订立条约有什么不好？（*大主教走出更衣室，走向他们。*）啊，大主教出来了，让我们问问他的意见吧。主教先生，贞德又想挑起战争了。

大主教：我原本以为，所有的战争都结束了。

查理：是的，不要再打仗了，为了巩固我们的胜利成果，我们应当订立一份条约。否则，下一次我们就未必这么幸运了。

贞德：幸运？这是上帝信任我们，是士兵们拼尽全力的战果，您却认为这是幸运？战争远远没有结束呢，只要还有一个英国士兵站在法国的土地上，我们就不能停下脚步！

大主教（*厉声*）：住口！谁允许你这样对陛下说话？

贞德（*昂起了头，无所谓地*）：随便你们怎么看。就算在上帝面前，我也是坦坦荡荡的。

大主教：以教会的名义、以大主教的圣职身份，让我来告诉你真相吧。你刚走进宫廷时，还是个谨小慎微的姑娘，你怀着虔诚之心，而大家也都在帮助你。但是现在，你变得骄矜自傲，你必将迎来你最终的惩罚！

查理：一点儿都没错！她不把任何人放在眼里！

贞德（苦恼不已）：不，我并没有骄矜自傲，我只是诚实地说出我的想法，说出我看到、听到的一切，我是在讲述正确的道理，这有什么问题？

蓝胡子：哈，正确的道理。

大主教：你认为什么是正确的道理，少女？

贞德：我听到了一个来自心底的声音——

查理：来自心底的声音？难道是上帝的声音吗？就算真有这样一个声音，它也应当首先传达到我的耳中！因为我是这个王国的统治者！

贞德：也许您曾经也听到过，但您毫不在意，因为您并没有用心去体悟，没有用心去做祷告。唉，我对您说这些又有什么用呢？（叹息一声，摇头走了几步）不说那些了，让我们说说更重要的事情：战争远远没有结束！我们应当抓住当下的机会，攻下贡比涅，紧接着攻下巴黎！您是一位国王，您应当拥有这个国家的首都！

拉·海亚：攻下巴黎！这就是我想的！我信任我们的士兵，我们肯定能大获全胜！说说你的想法吧，杜诺瓦。

杜诺瓦：如果头脑发热就能打胜仗，那我一定会让你当先锋，拉·海亚。战争需要勇气和冲动，但不能仅靠这些。

贞德：瞧瞧，尽管你们打了这么多次胜仗，却根本不知道打胜仗的原因。不说别的，就说说奥尔良桥的那场战役，要不是我催促你们前进，你们不知道要到什么时候才能迈出那一步！进攻，你们应该进攻，先生们！只有进攻才能摧毁敌人！在最开始，你们连如何使用大炮都不会。

她气呼呼地坐了下来，将头扭到一边。

杜诺瓦：冷静一点儿吧，贞德大将军。

贞德：说说看，你到底是怎么想的，杰克？

杜诺瓦：我依然记得奥尔良桥的那场战役，我祈祷了那么久，西风都没有来，直到你的出现。你带领我们打赢了奥尔良桥战役，所有的士兵都打心底里崇拜你，因此我相信，上帝是真的选择了你。但是，我们不能无休止地向人民索求啊。你为我们化解了奥尔良桥战役的危机，使我们的军队一路势如破竹。现在，国王陛下的加冕典礼成功举办，接下来就到了我们拼尽全力的时候了。如果现在我们还在依赖上帝的眷顾，迟早会失去人民的信赖。

贞德：但——

杜诺瓦：让我说完吧，贞德。你说我不明白自己为何打胜仗，不，我对此清清楚楚。国王陛下总是极力渲染少女在这场战争中的作用，他想让人民相信，这一切都是因为上帝派遣少女来帮助我们，这一切都是因为查理陛下是真龙天子。人们只知道少女贞德，压根儿不知道杜诺瓦，没有人知道我在这场战争中所做的贡献，没有人会留意到我也是一名浴血厮杀的士兵。虽然如此，但我一点儿都不介意。我明白，之前的几场大胜仗，少女贞德起到了关键的作用，是上帝帮助我们渡过了难关，但我们依然要凭自己的双腿向前走。从现在开始，别再指望别人了，我们只能指望我们自己的本事，还有运气。

贞德（猛地站起来）：你在这里夸夸其谈，吹嘘自己的军事才能，但你的军事才能什么时候起过作用？打胜仗不是由于你的军事才能，而是你的士兵们用血肉之躯抵挡住了敌人的弓箭，这才将城池一点儿一点儿地夺了下来！这根本算不上是什么战争，你们只是在用赎金作为抵押，玩一场名叫战争的游戏罢了。如果你们打仗的目的只是胜利，那就应该像我这样，将自己的性命置之度外！我是这样，成千上万的普通人也是这样。我们这些人没有正规的军装铠甲，没有战马和兵器，我们只有自己的双手。但我们依然可以冲进战壕，攻城略地！也许你看不起我们这样的人，杰克，蓝胡子，你们心底都在嘀咕，是不是？但是我会告诉你们，在奥尔良对英国人发起进攻的那一天，你们让我龟缩在房间里，是那些老百姓跟着我发起的进攻，那才是战争。

蓝胡子：听听你的口气，贞德！如果我不知道你是谁，单凭这番话，我简直以为是恺撒大帝、亚历山大大帝在发表演说呢！你为什么不能安安分分地传教呢？难道当教皇都满足不了你了吗？

大主教：你太骄傲了，贞德。

贞德：你们又在拿我的口气说事，你们为什么不能仔细听听我说的话呢？难道我有哪里说错了？

拉·海亚：你没有说错，我们就是这样的人，贪婪、懦弱、自私、不知天高地厚。别再试图劝说她了，杜诺瓦，她的想法已经根深蒂固了。不管怎么说，我们起码弄清楚了一件事：熟悉战争的人未必能打胜仗，总是耍嘴皮子的人却是个常胜将军。

杜诺瓦：是啊，贞德并不懂怎样做一个将军。在战场上，我作出的每一个决定都需要深思熟虑，但是贞德从不管这些，她从来都是不计后果地发起进攻。她对民众怀有坚定的信心，她能够鼓舞士气，能够带领士兵向前拼杀，但是谁能知道真正的敌人在哪儿？现在的形势一片大好，是因为我们有着足够的兵力，但是如果我们处于劣势，那又该怎么办？带着十几个人的小分队，去和成百上千的队伍拼命吗？我了解贞德，她做得出这样的事情，但是结果只会是死路一条。沃里克伯爵为她悬赏一万六千英镑，不少人都想要拿到这笔钱。

贞德（眼睛一亮，笑嘻嘻地）：呀，一万六千英镑？我真想不到，我的性命居然这么值钱？

杜诺瓦：如果事态真的发展到了这个地步，我们应该怎么办？我是一名将军，我必须诚实地告诉你，贞德，我必须顾全大局。如果你被英国佬或者勃艮第党人活捉，我不能派兵去救你，因为代价实在太大了。

贞德：我当然明白，杰克，你不应当命令士兵豁出性命来救我，可是上帝让我救了法国，法国人民应该为我支付这笔赎金。

查理：你想让我为你支付这笔钱？我一个子儿都没有，我早就告诉过你了！

大主教：除此之外，还有更糟糕的情况，姑娘，他们认定你是一个女巫，想要把你抓住烧死。

贞德：认为我是个女巫？我？这是为什么？！我做的所有事情都是遵从上帝的意愿，您不能让他们这样做！

大主教：我不会干预这件事的，你逐渐变得骄矜自傲，教会已经没有办法保护你了。

贞德：我什么时候骄矜自傲啦？我所说的一切都是事实，我能在心底听到上帝的声音！我说的话都是上帝告诉我的。

查理：别再和她争执啦，大主教，你看她能听得进去吗？

大主教：我最后提醒你一次，贞德，如果你一意孤行，教会只能和你分道扬镳。如果你坚持要对杜诺瓦的军事行动指手画脚——

杜诺瓦：准确地说，如果你不愿意正确评估双方兵力，坚持要让军队去解救贡比涅——

大主教：那么，我们将把你从军队中开除。如果你陷入敌营，王室没有能力为你支付赎金。

查理：对！我可没有钱。

大主教：你以为，有无数的民众在追随着你吗？是的，等你走出这扇门，的确会得到人们的欢呼和追捧，他们会极力赞美你，亲吻你的手，但是这一切只会让你更加飘飘欲仙，看不清自己的真实处境。当你被敌人捉住以后，他们可无法冲到敌营救你。如果你不想被敌人送上火刑架，最好还是跟我们站在一条战线上。

贞德（*沉默片刻，看向天空*）：不，我要与更好的朋友们站在同一条战线上，只有他们会为我指引光明。

大主教：既然你坚持如此，那就随你吧。

杜诺瓦：你应当听劝，贞德。

贞德：你们总是有一堆大道理要告诉我，但是在此之前，我们的生活可是一团糟。我清楚自己的真实处境，我总是孤身一人，没有人在乎我的感受。当这个国家风雨飘摇的时候，我父亲却在逼迫我日复一日地照顾他的羊群。我想要为我的祖国做点儿实事，所以我克服了千辛万苦来到宫廷，可我只看到了一群自私自利的家伙正在谋求私利。今天，你们要抛弃我，这算不了什么，因为上帝始终会与我同在，他会陪伴我前行，会指引我的道路。现在我决定离开了，我要到欢迎我的民众中去。

说完这番话，贞德头也不回地离开了。几个人都陷入了沉默，他们面面相觑，蓝胡子不断摆弄着他的胡须。

蓝胡子：我们该拿她怎么办，嗯？

杜诺瓦：如果她遇到了困难，我本该牺牲自己去救她，但是说到贡比涅的事情……

拉·海亚：我有些感动了，如果可以，我真想做她的追随者。

大主教：她说的话能够左右人心，的确如此，可她依然选择了一条不归路。我们试图劝诫她，可是毫无用处。

查理：唉，她刚刚不是想要回乡下老家吗？她早该回老家去了！

几个人不约而同地摇了摇头，离开了。

第六场

1431年，5月30日，鲁昂。

教区裁判所，正审法庭。大厅的最高处设有两个法官的位子，陪审团的座位呈圆弧形整齐排列，左右设有拱门。沃里克走出拱门，走上了法官席。他的侍童紧紧跟在他身后。

侍童：照我看，结果都是明摆着的，根本用不着走过场审讯，是不是，老爷？

沃里克：话是这样说，但你不能在这里发表意见，快去把博韦主教请来，我有话要和他谈谈。

侍童：我这就去，老爷。

侍童离开，片刻后，他带着古雄和两名教士走来。

古雄：爵爷，我要向您介绍审判者约翰·列麦特尔教友，他会帮助我们判处这个案子。至于这一位，是来自巴尤教士会的坎农·约翰·德司蒂维教士，他将在这个案子里担任检察官。

几个人彼此致意。

沃里克：主教先生，我想了解这个案子的具体审判过程。据我所知，少女贞德前往贡比涅被勃艮第党人活捉已经是九个月前的事情了。为了审判她的罪行，我不得不向勃艮第党支付了一笔巨资将她买了过来。但是，这三四个月以来，我没有看到案件的实质进展，请你向我说说这件事吧，大主教。

古雄：到目前为止，我们已经在她身上花了不少时间了，爵爷。我们举行了六次公开审讯，九次非公开审讯。经过整整十五次审讯，我们最终一致认为，这是一桩前所未有的案件，涉及可怕的异教思想。所以，今天，我们必须在公正的教区裁判所对她进行公开审讯。

沃里克：这真是太好了，先生们，实话说，我已经等不及了。

宗教法官：我敢说，这是一场从未有过的审判，爵爷。人们爱戴她，劝诫她，审判她。难道人们背叛了她吗？不，我们是在设法拯救她！

德司蒂维：我可以为此担保，先生。如果有其他选择，我真不愿意对一个这样的姑娘提起诉讼。但是她让我知道，一切劝解对她都是没用的。我只是想要帮助她，让她重回正路，别再一意孤行——

古雄（打断）：你说得太多了，坎农。再说下去，爵爷就要对你心生反感了。

沃里克（圆滑地）：怎么会呢，主教大人？我能够理解你们的心情，你们同情那个少女，我明白。但是最终的结局无法避免，她必须接受审判。这是——

古雄（勃然大怒）：这是政治需要，嗯？去他的政治需要！教会不会向世俗势力低头的，爵爷！

宗教法官：大主教，爵爷，何必生气呢？你们完全不必因为这件事争执，因为还有其他人也想要烧死她。

沃里克：谁？

宗教法官：就是少女贞德本人！你不知道她是一个怎样的人，爵爷，她简直不知道天高地厚！

德司蒂维：确实如此，她所说的话都是对上帝、神灵的亵渎。

沃里克：既然你们都这么肯定，那就按照你们的想法去做吧。大主教，现在可以开庭了吗？

古雄：是的，但是在此之前，您最好离开这里，爵爷。

沃里克离开了法庭，古雄和宗教法官坐在了法官席上，德司蒂维坐在文书的位子上。就在古雄和宗教法官小声议论着这件事时，主教陪审团陆续走进了大厅，为首的是德·斯托甘巴神父和坎农·德·库尔塞勒神父。

古雄：上午好。

神父：上午好，大人。我和库尔塞勒教友准备了一份有着六十四条罪行的起诉书，专门针对少女贞德的案件，其中包括她声称自己能够和上帝对话、偷窃桑利斯主教的马匹等罪行，但是这份起诉书却被硬生生改掉了。

宗教法官：是的，这件事情是我主张的。我必须提醒大家，我们之所以会聚在这里，是为了审判少女贞德的重大罪行，我们不应该在偷马这种小事上浪费时间。到底什么才是重大罪行呢？就是她提出的异端思想！

拉德维努（一名多明我会教士）：也许您说的是对的，先生，但是她提出的异端思想到底是什么？她看起来只是个普普通通的姑娘啊。

宗教法官（严厉地）：别被她的外表欺骗了，马丁教友！你们以为眼前的这个姑娘只是个天真、虔诚、有信仰的人。但是，正因为她没有判断力，容易听信别人的话，才一门心思地将此作为上帝的意思，煽动人们相信她的异端思想！类似的事情不在少数，近两百年来，我们一直在与他们这种邪恶势力做斗争。警惕起来，千万不要将你们的同情心滥施于这样的人。我们应当坚定信念，公正审判，对她施以应有的惩罚。如果在场的哪位教友心慈手软，我劝你还是赶紧离开。对这种思想的仁慈就是对我们自己的残忍，必须记住这一点。先生们，请你们相信，我绝不是一个狠毒的人，我深知真正的正义是什么，我也明白我的职责是什么。所以我选择了这样的一条道路，我想说的就是这些。

古雄：谢谢你，我还想再补充几点。从古至今，那些残酷邪恶的异端思想都是存在的。但是今天，这些罪孽深重的人已经不再用简单的方法传播这种思想了，他们更为狡猾，使人防不胜防。接受这些异端思想的人并不是因为愚蠢，而是顽固。他们否定了教会的智慧，坚决拥护某一种异端思想，试图撼动整个天主教制度，这是我们不可忍受的。在审判少女贞德的过程中，代表了世俗权力的沃里克伯爵也能够为我们提供帮助。

神父：是的，大人。沃里克伯爵遣来了八百名训练有素的士兵守卫法庭，就算少女贞德插上翅膀，也无法逃脱。

古雄：很好，开庭。

贞德戴着沉重的镣铐，身穿黑衣，被士兵押送着带出了拱门，走到了属于被告的座位上。她的身上有着被审讯后的伤痕，可面容依旧十分精神，她昂头面对着法官和陪审团，神色没有丝毫慌张。

宗教法官：你好，贞德。

贞德：谢谢你的问候，法官，但是我过得并不好。主教派人给我送来的食物并不新鲜，要不是知道你们决心将我公开处死，我还以为你们想要设法毒害我呢。

德司蒂维（怒气冲冲地）：你，你说的这是什么话？

库尔塞勒：我们必须将你严加看管，不然你是会越狱的。

贞德：如果有机会，我当然要越狱，我为什么不这样做呢？

德司蒂维：叛徒！真是不可救药！如果你对教会心存坦荡，为什么要设法逃跑呢？

贞德：实在是太荒唐了。我不愿意被你们关在这狭小阴冷的牢房里，居然还成了我的错？

宗教法官：停止这无谓的争论吧。我们应当等她手按福音书发誓以后，再正式进行审讯。

贞德：又是发誓，是吗？这样的审讯不知道进行了多少次，我真是感到厌烦了。

库尔塞勒：对于这样冥顽不化的异教徒，应当用刑。

贞德：你们爱怎么做就怎么做吧，无论你们想出什么样的法子，我都不会退让一步！

古雄：我们绝不能依靠刑讯逼供来进行审判。听我说，贞德，你是否能够为你说的每一句话负责？你是否接受教堂的裁决？

贞德：我虔诚地遵循着上帝的意愿，绝不违背——如果教会对我提出的裁决是合理的，我愿意接受，但是如果教会的意愿违背了上帝的旨意，那么请恕我不能遵从。

陪审法官们（交头接耳）**：**教会违背了上帝的旨意？她知道她在说什么吗？她怎么敢说出这样的话？

德司蒂维：大人！请立即将她公开处死！

宗教法官：如果教会告诉你，你所获知的一切都是坏人的诱惑，而非上帝的意识，难道你也不相信吗？你难道不知道，教会会作出正确的决断？

贞德：我永远相信上帝，服从上帝。即使你们认为我和教会背道而驰，那又怎么样？上帝在指引着我的脚步！

古雄：你不愿服从教皇、红衣主教、大主教和主教，而是只服从上帝？照你所说，你在上帝面前的地位比所有人都高了？

贞德：我即将获得上帝的青睐，这是属于我的荣光！

宗教法官：这是亵渎上帝的罪行，贞德。你所看见的上帝是乔装打扮之后的坏人，你所听到的声音正在蛊惑你的意识，这就是教会的最终判断，你听明白了吗？

贞德：我听到的声音告诉我，在我回到祖国之前，我都不能穿上女人的衣服，因为上帝希望我成为一名士兵。这完全没有错，我不懂你们为什么对我横加干涉。

宗教法官：圣阿萨内修斯曾有言：不能理解别人的人啊，下地狱是你最终的归处。如果你坚持反对我们所说的每一句话，我们也拿你没有办法。你知道你身边的人是谁吗，贞德？（指了指贞德身后的刽子手）告诉我，刽子手，你会对异教徒施行怎样的惩罚？

刽子手：我会对她施以火刑，大人。火刑柱已经准备好了，就在市中心。只要您一声令下，我们立刻就能处置了她。

贞德（害怕地）：上帝啊……事情不应当是这样的，我听到的声音对我说，只要勇敢地面对这一切，我就不会被处死。

拉德维努：你到现在都还不明白，那是坏人的声音，那声音会将你引向一条绝路！能够救你的只有我们，可你到现在都执迷不悟！听着，你现在还有最后一个机会，只要你在异端思想罪行悔过书上签字，教会就会饶恕你的罪过。

神父（跳了起来）：什么？这怎么能行？你们想饶恕这个女巫？沃里克伯爵绝不会同意！你们背叛了沃里克伯爵，向着这个罪恶的女巫卑躬屈膝！（陪审法官们窸窸窣窣地议论起来。）

宗教法官：安静，安静，先生们！神父先生，你不应该在这里高声喧哗，请你坐下。

拉德维努：大人，异端思想罪行悔过书已经准备好了。

古雄：很好。

拉德维努紧紧地攥着悔过书和笔，快步向着贞德走去，直到看着她签名完毕，这才舒了一口气，连忙将悔过书双手递给古雄和宗教法官。

宗教法官：你忏悔了你的一切罪行，因此我们将对你从宽处理，贞德。

贞德：谢谢你。

宗教法官：但是，针对你之前犯下的罪行，教会判处你终身监禁。你的余生都会在监牢里度过，希望你静心忏悔，向民众祈祷，愿他们原谅你之前的错误。

贞德（震惊，愤怒）：终身监禁？我？我已经签了悔过书，你们却要判处我终身监禁？等一等！（跳了起来，冲到法官面前，将那张悔过书一撕两半）你们爱怎么样怎么样吧！想要绞死我也行，想要烧了我也行！亏我刚才还认为你们真的是好人呢！你们认为，只要免除我的公开死刑，我就会对你们感激涕零？你们根本不懂，活着不仅仅是喝水吃饭，活着和自由紧密相连！如果你们将我关在牢房里，不准我在田野中漫步，不准我在平原上驰骋，不准我呼吸新鲜的空气，这和烧死我没有两样！你们的想法如此恶毒，竟然还认为我的所作所为是出于其他人的授意？我明白了，我所接受的想法都是来自上帝的教导，而你们则不然，你们都是带着邪恶思想的人！

陪审法官（高声抗议）：她是个疯子！她亵渎上帝！是个魔鬼！

德司蒂维：她是一个不可救药的异教徒！尽管大人们想要挽救她的生命，可她始终冥顽不灵！我们应当对她处以刑罚，让她下地狱吧！

古雄 / 宗教法官：我们裁定，你是一个无法挽救的异端分子，我们将开除你的教籍，你将永远不能再踏进这里一步。我们会将你交给世俗势力，由他们判处你死刑。

士兵们将贞德带了出去，走向贞德最终的归宿之地，陪审法官们匆匆跟在后面。只有古雄、宗教法官和拉德维努依然留在法庭中。

古雄（沉默片刻）：不，裁决结果不应该是这样的。

宗教法官：我们无法改变这个结果。这样的事情已经不是第一次发生了，不是吗？她是个天真无辜的姑娘，可她注定要成为教会和世俗权力的牺牲品。来吧，我们去送她最后一程。

古雄和宗教法官正要离开，却碰到了从门口进来的沃里克。在教会权力和世俗权力的交锋中，沃里克没有掩饰自己的敌意。几个神职人员离开了，只有沃里克在法庭里四下张望。

沃里克：布莱恩？布莱恩？你在不在这儿？要命，所有人都去看行刑了——那是谁？

神父抽噎着从外面走了进来，他满脸都是泪水，一边号哭一边发抖。

沃里克：怎么回事？约翰老师！

神父：都完了，都完了！爵爷！我们到底做了什么样的事情啊？我们是有罪的人，我们全都是！

沃里克：哦，你看到了行刑的过程？这没什么，一切都是她咎由自取。

神父（绝望地）：之前我也是这么认为的，可是直到此时此刻，我才知道自己大错特错！一回想起那幅情境，简直就是噩梦！她离开前最后的要求，只是想要一个十字架，可是只有一个士兵递给她两根绑在一起的棍子！火焰、浓烟、尖叫——直到死亡的前一刻，她还在火焰中呼喊着上帝的名字！

沃里克：小声点儿！你想让所有人都听见你的声音吗？

拉德维努手里拿着一个银质十字架，也走了进来。他神情平静，向着他们点了点头。

沃里克：一切都结束了吧，马丁教友？

拉德维努：不，恰恰相反，刚刚开始。

沃里克：你在说什么？

拉德维努：我带着这个十字架去到了行刑地，想让她最后能够看到它，而她呢，她提醒我站远一些，不要被火焰烧到。这样一个善良的姑娘，她定然沐浴着上帝的圣光。她的肉体虽然已经被焚毁了，但这不是她最终的结局，或者说，一切都才刚刚开始。

神父发出了痛苦的号叫声，他冲出了法庭，沃里克和拉德维努对视一眼，连忙追了上去。忽然，刽子手闪身出来，挡住了沃里克。

刽子手：爵爷，我将她的骨灰全部撒进了河里，她的生命已经到头了。

沃里克（想起拉德维努刚才的一番话，叹气）：到头了？我们可无法知道。

尾声

1456年，6月。

这是一个暴风骤雨的夜晚，猛烈的狂风将前几日积攒起来的热气吹得干干净净。法国国王查理七世正靠在自己的床头看书。查理七世现在已经五十一岁了，被人们称为“胜利者查理”，要知道，他可就是当年贞德亲手为其加冕的那个王太子。

查理所处的床榻被放在一个高台上，床榻下方有两级台阶。为了不挡住房间内的那扇尖顶窗，床榻因此没有放置在房间的正中央。床榻上方挂着厚厚的帷帐，帷帐是圆形的，上方还精心绣着王室专用的纹饰。

查理的手中捧着一本薄伽丘的《十日谈》，他将书翻开，让书背放置在自己支起的双腿上。床头柜上放着一支蜡烛，被蜡烛照亮的不仅有查理手中的书，还有床头柜上的圣母像。阵阵凉风从窗外吹来，但被色彩艳丽的厚重的落地窗帘挡住，窗帘也因此轻轻摆动了起来。

钟声响起，查理将手中的书本合上，抓起放在手边的一根雕刻精巧、外观华美的响棒摇了摇，响棒随着查理的动作发出巨大的响声，被响棒召来的人却是一个查理完全没见过的陌生人。

拉德维努走进了查理的寝殿，拉德维努如今已经年老，二十五年的光阴在他身上留下了痕迹，他的动作比以往迟缓了很多，怀里还抱着一个十字架。查理见到进来的是一个陌生面孔，警惕地跳下床，朝墙角躲去。

查理：你是谁?

拉德维努：我是马丁教友。您已经不认识我了，但我可以提醒您一句。二十五年前，我目睹了少女贞德受刑的惨状，这些年来我一直深感不安。不久以前，我参与了这桩案件的重审。

查理：原来如此。重审的结果如何?

拉德维努：我对之前的那次审判深感失望，陛下。宫廷中腐败之风盛行，人们肆无忌惮地做伪证，随心所欲地诋毁离世者，我们不得不揭露一个又一个谎言，才能慢慢接近真相。是的，重审结果是正义的，我们推翻了过去的错误决断，贞德是真正的圣女，我们应当对她怀有崇敬之心。

查理：很好。既然贞德的名誉恢复了，那么我就不再是叛徒或女巫所加冕的冒牌国王了，没有人能够再对我说三道四了，是吗?

拉德维努：当然。您是一位独一无二的国王，您的加冕礼是如此盛大而庄严。

查理：很好！事情发展到这一步，我们就应该感到满足了，马丁教友。如果贞德还活着，她注定无法得到这样的地位，尽管人们此时极力赞颂她，可是转眼就会换一副面孔，她又会被打成无恶不作的女巫。你相信我的这番话吧？

拉德维努：也许确实如此，所以，我再也不愿意和权贵有所牵扯了。

拉德维努转身离开了，查理目送着他的身影。

查理：说起来，为什么他能径直走进我的寝宫，却没有人通报？来人！来人！（没有人回应他的呼喊，窗外的雷声轰然响起，狂风吹灭了蜡烛，室内陷入一片漆黑。查理慌慌张张地叫了起来，跳到了床上，整个人缩进了被子内。就在此时，窗户上映出了一个朦胧的影子。）

贞德的声音：你在害怕什么，查理？

查理：贞德！真是你吗？

贞德：我早就离开你们了，查理，我连件衣服都没剩下。你只是梦到我了而已。我们真是好久不见了，快跟我说说，我走之后究竟发生了什么事？

查理：后来我们又打了几场胜仗，是我亲自领兵的，我可算知道战争是怎么一回事了。

贞德：我真要对你刮目相看了，查理！

查理：大家现在都叫我"胜利者查理"了，说起勇敢，我现在一点儿也不输于当年的你啊！当然，阿格妮丝的鼓励对我帮助很大。

贞德：阿格妮丝是谁呢？

查理：我的爱人，从她去世之后，我常常在梦里见到她。但从你去世之后，我还从没有在梦里见过你，今天是第一次。

贞德：她居然也去世了？

查理：她已经去世了，她是一个非常美丽的女人，这一点跟你一点儿都不像。

贞德：你说得对！哈哈哈！我确实和“美丽”这个词没有任何关联，我就是一个在战场上打仗的士兵。对了，我死了之后，还发生了什么事情呢？

查理：你的亲人一直在为你喊冤，不久以前，这桩案子终于重审结束。你的名誉得到了恢复，审判你的法官则被一一定罪。

贞德：何必这样呢？那些审判我的法官只是一些可怜的家伙罢了。

古雄（忽然出现在窗边）：住口！

贞德：咦，彼得·古雄！老伙计，真的是你！你最近过得怎么样？

古雄：拜你所赐，我过得并不好。我早已死去，可是他们还是不让我得到安宁，他们挖开了我的坟墓，对我的尸体进行了审判。最后他们开除了我的教籍，把我的尸体扔到了荒郊野外。

贞德：但是你的尸体不会感受到什么痛苦，不是吗？

古雄：上帝可以为我作证，我所做的一切都是坦坦荡荡的，我在审判中是怀有仁慈之心的，因为我必须维护我的信仰，他们对我死后的判决并不公平。

查理（钻出被子）：这有什么？我总是活在人们的争议之中，因为我没有救出贞德，不少人当面骂我是胆小鬼，我早已经习惯了。但无论如何，我在执政期间结束了战争，我坚信我是一位出色的国王。

杜诺瓦（悄然出现在贞德身边，微弱的烛火亮起来了）：是的，贞德，我们将英国士兵赶出了法国，取得了最终的胜利。

贞德：这太好了，杰克！我以前就坚信，只要士兵们能够舍生忘死，一心只为法国，我们就一定能打胜仗！

杜诺瓦：老实说，不管是什么方法，只要战斗的最终结果是好的，那就是个好方法。所以你很了不起。在你死后，我曾写过一封为你平反的信并交给了新法庭，当年你被处死的时候，我正忙于战事，同时又不能插手教会的内部事宜。

古雄：你们现在倒是把过错都推给我们了！暂且不说我们对这个王国有多少贡献或者是过错。但是，你们没有听过一句话吗：拯救世界的非士兵也非教士，拯救世界的唯上帝与圣徒。

钟声敲响了，一个醉醺醺的英国士兵从帷帐中走了出来，一步三晃，他嘴里哼着粗俗的小调，没有人知道他是谁。

杜诺瓦：你是谁？你从哪儿来？

士兵：我是一个士兵，今天是我休息的日子，知道吗？由于我生前做过一件好事，所以我每年都能得到一次休息的机会，其他人可没有这样的待遇！

查理：哦？你做了什么事？

士兵：你们猜猜看。

贞德：让我告诉你们吧。他将两根棍子交叉着绑起来，做成了一个粗糙的十字架，送给一个即将被处死的姑娘。

士兵：是这样没错，我已经记不起来那姑娘长什么样子了，却还在蒙受她的恩惠，瞧瞧这事儿！

查理：告诉我，地下是什么样的？

士兵：和其他的地方没什么两样，陛下。他们总是认为，我给那姑娘递十字架是背叛了他们，可是谁在乎他们怎么想？我明明白白地跟他们说了，他们都是彻头彻尾的无用之人——咦，是谁在敲门？

轻柔的敲门声响起，门开了，一位白发苍苍的老神父缓步走进来，向着众人露出微笑。

神父：你们好，请允许我介绍自己，我是约翰·德·斯托甘巴老师。

贞德：约翰老师，是你！你还好吗？

神父：你在跟我说话吗？我眼睛花了，看不清你长什么样子，不过，谢谢你。我生活在一个淳朴的村落里，和当地人相处得非常好。只不过，我心里始终埋着一件令我不安的事。唉，这件事说起来就让人痛苦，我曾亲眼看到一个姑娘被公开处死。在此之后，我开始重新审视自己，走上了一条真正属于我的道路。

刽子手（走了出来）：我不知道属于你的道路是什么，神父，可我确信刽子手就是属于我的道路。我亲手处死了少女贞德，可是她一直活在人们心里。

沃里克（快步跑出来）：贞德小姐！再次见到你真是太高兴了！你没有继续怨恨我吧？当时做出那样的事情，我也是不得已的，请你原谅我。但是你看，正是由于我们对你进行了错误的审判，人们才会赋予你如此之高的地位。现在人们都将你称作圣女，这其中也有我们的一点儿功劳吧？

贞德：圣女？我吗？

绅士（忽然出现在门边，身穿1920年时兴的服装，神情古板）：我来此正是为了这件事，贞德。根据奥尔良主教的评判——

贞德（插话）：奥尔良主教？他们还在谈论我？

绅士（皱眉）：按照常规流程，批准其圣女称号的申请——

贞德（再次插话）：我从没申请过什么称号，是不是弄错了？

绅士（瞪了她一眼）：根据其生平事迹，特授称号“圣女贞德”，天国的大门将永远向她敞开。各地的天主教教堂都应在每年5月13日缅怀圣女贞德，诚心祈福。1920年5月16日，梵蒂冈教廷。

贞德：这多不好意思呀！

杜诺瓦：这一切都是你应得的，贞德，你原本应当在四百年前就被尊奉为圣女。

古雄（向她跪倒）：你为所有乡间的普通姑娘做出了榜样，只需要坚持，努力向着目标前进，就能成为和你一样的人。

杜诺瓦（向她跪倒）：你为所有的士兵指引了方向，是你带领他们走向胜利和荣耀。

大主教（向她跪倒）：你为教会敲响了警钟，是你让我们懂得，急功近利终将一事无成。

沃里克（向她跪倒）：你为贵族和权臣解下了意识的枷锁，我们对你永远心怀感恩。

德·斯托甘巴（向她跪倒）：所有顽固的老家伙都应当永远记得你，你宽恕了我们的罪过。

宗教法官（向她跪倒）：作出了错误判决的法官应当永远感谢你，你代表着无瑕与正义。

士兵（向她跪倒）：在地狱里沉沦的人民会念诵你的名字，是你将光芒带进地下。

刽子手（向她跪倒）：刽子手们也会铭记你，你让我们知道我们走在怎样的道路上。

查理（向她跪倒）：平平无奇的庸才们爱戴你，因为你的双肩承担了沉重的责任。

贞德：你们所有人都这样赞颂我，真让我觉得不自在！我只有一句话想说：既然我已经成为一名圣女，我能否回到人间呢?

没有人回答她的话，人们面面相觑，烛火在风中飘摇，忽地熄灭了。

古雄：世俗的人们无法分清谁是异端分子，谁又是圣女。你死了，这结果也还不错。（他转身离开了。）

杜诺瓦：我也要回去了，贞德，这是迟早的事。（他也离开了。）

沃里克：你会原谅我的，是吗？我相信你会的……（他畏缩着走掉了。）

大主教：我会为你祈福的，贞德，有朝一日，但愿我也能进入天堂。（他离开了。）

宗教法官：我试图为你做无罪辩护，你还记得的。（他也走了。）

德·斯托甘巴：我是个老家伙了，我只想过平静的生活……（他蹒跚离去。）

绅士：关于你提出的还能不能复活的问题，我还需要回到罗马向上级申请。（他转身离开。）

刽子手：我，我只是个普通人，我还需要养家糊口。（他离开了。）

查理：唉，贞德，我也不能为你做些什么了，请你原谅我吧。（他回到床铺上，闭眼睡觉。）

士兵：别担心，我会陪着你的，圣女。让我来对你讲讲这件事吧——（他正要高谈阔论，忽然听到远处的钟声响起，光线渐渐亮了起来。）哦，不行，我得走了……（他也匆忙离开了。）

现在，只有贞德一个人站在这里。钟声不断敲响，纯净的光芒照耀在她的身上，她微微仰起头，看向天空。

贞德：我应该去往何处呢？哪里才是坚持努力的人的容身之所呢？

（落幕。全剧终。）